João Guimarães Rosa

Mein Onkel der Jaguar

Erzählung Kiepenheuer & Witsch

(18-)
4,95

Mein Onkel der Jaguar

João Guimarães Rosa

Mein Onkel der Jaguar

Erzählung

Aus dem Brasilianischen
und mit einem Nachwort von Curt Meyer-Clason

Kiepenheuer & Witsch

Mein Onkel der Jaguar

Hum? Eh-eh ... Ja. Doch, Nhor. Aha, Sie wollen reinkommen, kommen Sie rein ... *Hum, hum.* Sie wußten, daß ich hier wohne? Woher wußten Sie das? *Humhum* ... Eh. Nein, Nhor, *n't n't* ... Ihr einziges Pferd, das? *Ixe*! Das Pferd lahmt, hat Wasser, taugt nicht mehr. *Axi* ... Natürlich, *hum, hum.* Haben wohl von weitem mein Feuerchen gesehen, wie? Ja. Na gut. Kommen Sie rein, Sie können hier bleiben.

Haha, Haus ist das keines ... Nein. Ich wollt, ich hätt eins. Bin kein Gutsbesitzer, bin Pächter ... Eigentlich auch kein Pächter. Ich – bin überall. Jetzt bin ich hier, und wenn ich will, ziehe ich fort. Ja. Hier schlafe ich. *Hum. Nhem*? Das sagen Sie. Nein, Nhor ... Kommen Sie oder gehen Sie? Natürlich, können alles reinbringen. *Erê!* Satteln Sie lieber ab, ich helfe Ihnen. Legen Sie ihm die Fußfesseln an, ich helf Ihnen dabei ... Bringen Sie den Quersack rein, bringen Sie Ihre Satteltaschen, Halfter. *Hum, hum!* Keine Umstände.

Sie kommen wie gerufen, für mich bestellt, mein Besucher; *já-nha?* Gut, Schön. Setzen Sie sich, legen Sie sich auf die Pritsche. Pritsche gehört nicht mir. Ich – Hängematte. Schlafe in der Hängematte. Pritsche gehört dem Schwarzen. Ich werd mich hinhocken. Ist auch bequem. Und blase ins Feuer. *Nhem?* Ob die mir gehört, *Nhem*? Die Hängematte gehört mir. *Hum. Humhum.* Ja. Nein, Nhor. *Hum, hum* ... Warum wollen Sie dann Ihren Sack nicht aufmachen, sehen was drin ist? *Atié*! Sind ein fetter Wolf ... *Atié*! ... Gehört etwa irgendwas mir? Was hab ich damit zu schaffen? Ich nehm Ihnen Ihr Zeug nicht weg, stehle nicht *Ahé, ahé*, ja, Herr, gerne. Mag ich. Gießen Sie's in die Kürbisflasche. Schmeckt mir, und wie ...

Gut, schön. Aha! Ihr Schnaps ist gut. Von dem könnt ich ein Litermaß gebrauchen ... Ah *munhãmunhã*: Unsinn. Ich rede Unsinn, *munhamunhando*. Mir geht's gut. *Apê*. Sind ein schöner Mann, und so reich. *Nhem?* Nein, Nhor. Dann und wann. Schmeckt mir eben. Fast nie. Ich weiß, wie man ihn macht, mache auch einen: aus Cajúnüssen, aus Waldfrüchten, aus Mais. Taugt aber nicht viel, nein. Hat nicht dieses hübsche Feuer. Macht aber viel Arbeit. Heute hab ich keinen da. Gar keinen. Sie mögen so was nicht. Dreckiger Schnaps, Armenschnaps ...

Ahã, der Schwarze kommt nicht mehr. Schwarzer ist gestorben. Was weiß ich? Gestorben, hier herum, an Krankheit gestorben. Langsam eingegangen. Und das ist wahr. Ich sag die Wahrheit ... *Hum* ... Ihr Kamerad hat sich verspätet, kommt also erst morgen nachmittag. Mehr? Ja, Nhor, ich trinke noch einen. *Apê!* Guter Schnaps. Haben Sie nur diese Korbflasche mitgebracht? *Eh, eh.* Dann kommt Ihr Kamerad also morgen, mit dem Trupp? Bestimmt? Haben Sie Fieber? Kamerad bringt bestimmt Arznei mit ... *Hum, hum.* Nein, Nhor. Ich trinke Waldtee. Aus Pflanzenwurzeln. Weiß, wo man sie findet, hab's von meiner Mutter gelernt, kenne mich aus. Bin nie krank. Hab nur einen Ausschlag, Krätze am Bein, Juckreiz, Pustel. Bin Unkraut, Urwaldtier.

Hum, lohnt nicht, weiter zu suchen ... Die Tiere sind längst über alle Berge. Ihr Kamerad hätt sie nicht laufenlassen sollen. Schlechter Kamerad, *n't n't*! Nein, Nhor. Haben sich davongemacht, versteht sich. Die Welt ist groß, groß: das hier ist das Hochland, alles rohe Buschsteppe, *Tapuitama* ... Morgen kommt Ihr Kamerad wieder, bringt die andern. *Hum, hum.* Pferde im Urwald ... Ich weiß, wie man sie findet, höre ihren Schritt. Horche, das Ohr am Erdboden. Pferdegetrappel, *popóre* ... Weiß, wie man die Fährten verfolgt. *Ti* ... Jetzt kann ich's nicht mehr, nutzt nichts, hier verzweigt sich zu

viel. Die sind in alle Winde. Jaguar frißt sie auf ... Sind Sie jetzt traurig? Nicht meine Schuld, hab ich irgendeine Schuld? Nicht traurig sein. Sie sind reich, haben viele Pferde. Aber die da, die hat jetzt der Jaguar gefressen, *atiúca*! Kommt ein Pferd zu nah an den Urwald, ist es bereits gefressen ... Wenn die Affen brüllen – hat der Jaguar zugeschlagen ...
Eh, noch einen? Ja, Nhor. Mag ich. Erstklassiger Schnaps. Haben Sie auch Tabak? Ja, Kautabak, Rauchtabak. Sie haben noch mehr, haben viel? Haha. Das ist gut. Schöner Tabak, starker Tabak. Ja, Nhor, gern. Wenn Sie mir welchen geben wollen, ich bin so frei. Weiß ich zu schätzen. Guter Rauchtabak. Ist es *Chico-Silva?* Heutzutage ist alles gut, finden Sie nicht?
Wollen Sie was essen? Es ist Fleisch da, Maniokmehl. *He, he*, eine *Paçoca*. Viel Pfeffer. Salz hab ich keins. Keines mehr da. Was so gut riecht, ist Fleisch. Hab einen Ameisenbär gejagt. Essen Sie nicht? Ameisenbär ist gut. Hab auch Mehl, braunen Zucker. Können alles aufessen, morgen jage ich mehr, töte einen Hirsch. Morgen töte ich keinen Hirsch: ist nicht nötig. Jaguar hat schon Ihr Pferd geholt, hat es angesprungen, hat die Schlagader geschröpft ... Das große Tier ist schon tot, und noch immer läßt er's nicht los, sitzt ihm im Nacken ... Hat den Kopf des Pferdes geknackt, den Hals

zerrissen ... Geknackt? Geknackt! ... Hat ihm das ganze Blut ausgesaugt, ein Stück Fleisch gefressen. Dann hat er das tote Pferd weggeschleppt, an den Waldrand gezerrt, am Maul gezerrt. Mit Blättern zugedeckt. Jetzt schläft er, im Dickicht ... Der Gefleckte fängt beim Hintern zu fressen an, bei der Keule. Der *Suaçurana* fängt beim Schulterblatt an, bei der Brust. Tapir, beide fangen da am Bauch an: das Fell ist dick ... Glauben Sie's mir? Aber der *Suaçurana* tötet den Tapir nicht, das kann er nicht. Der Pinimajaguar tötet; der gefleckte Pinima ist mein Verwandter! ...

Nhem? Morgen früh geht er wieder hin, frißt noch ein Stück. Dann geht er Wasser saufen. Dort geh ich hin, zusammen mit den Aasgeiern ... Schweinerei, diese Geier, sie hausen in der »Truhenhöhle« ... Geh hin, schneid mir ein Stück Fleisch ab. Jetzt weiß ich Bescheid: der Jaguar jagt für mich, wenn er kann. Jaguar ist mein Verwandter. Meine Verwandten, meine Verwandten, ei, ei, ei ... Ich lach nicht über Sie. Ich mach's nur für mich, *munhamunhando*, *anhum*. Pferdefleisch ist morgen noch nicht verfault. Pferdefleisch, sehr gut, erstklassig. Ich esse kein verfaultes Fleisch, *axe*! Auch der Jaguar frißt keins. Wenn der *Suaçurana* es gerissen hat, mag ich's weniger: der deckt alles mit Sand zu, auch mit dreckiger Erde ...

Kaffee ist keiner da. *Hum.* Der Schwarze trank Kaffee, mochte ihn. Ich will nicht mehr mit einem Schwarzen zusammenwohnen, nie mehr. Affenkerl. Schwarze stinken ... Aber der Schwarze sagte, ich rieche auch, hätt einen anderen Geruch, strengen Geruch. *Nhem*, wie? Die Hütte gehört mir nicht, nein; die Hütte hat keinen Besitzer. Gehörte auch nicht dem Schwarzen. Die Palmblätter des Dachs sind schon alt und halb verfault, aber Regen dringt nicht durch, es pinkelt nur ein bißchen durch. *Ixe*, wenn ich von hier fortgehe, stecke ich die Hütte in Brand: damit hier niemand mehr wohnen kann. Niemand soll auf meinem Geruch wohnen ...

Greifen Sie zu, die *Paçoca* ist nicht vom Ameisenbär. Es ist eine *Paçoca* aus gutem Fleisch, aus Gürteltier. Gürteltier, das ich gejagt hab. Hab's nicht dem Jaguar weggenommen. Kleine Tiere bewahrt der nicht auf: die frißt er sofort auf. Stark gepfeffert, was ... *Nhem*? Ja, es ist dunkel. Mond ist noch nicht aufgegangen. Der Mond ist spät dran, kommt aber bald. *Hum*, gibt es nicht, nein. Keine Lampe, kein Licht. Ich kann ins Feuer blasen. Macht nichts, die Hütte fängt kein Feuer, halte ein Auge auf, Augeauge. Ein Feuerchen unter der Hängematte ist gut, schön, leuchtet, wärmt. Es gibt Reisig hier, *Aracá*-Büsche, gutes Brennholz. Ich selber brauche keine, find mich im Dunkeln zurecht. Sehe auch im Dickicht.

Ei, mitten im Busch leuchtet's: Sie werden's sehen, es ist kein Auge, nein – es ist Maniokschnaps, Wassertropfen, Baumharz, Holzwurm, große Spinne ... Haben Sie Angst? In dem Fall, Herr, können Sie kein Jaguar sein ... Dann können Sie einen Jaguar nicht verstehen ... Oder können Sie's? Sprechen Sie! Ich halte Hitze aus, halte Kälte aus. Der Schwarze hat immer vor Kälte geschlottert. Der Schwarze war ein guter Arbeiter, es machte ihm Spaß. Holte Holz, kochte. Pflanzte Maniokwurzeln. Wenn mein Maniok zu Ende ist, ziehe ich hier weg. Ah, der Schnaps ist gut!
Nhenhem? Ich habe Jaguare gejagt, zu viele! Bin ein großer Jaguarjäger. Bin hergekommen, um den Jaguar zu jagen. Nur zur Jaguarjagd. Nhô Nhuão Guede hat mich hergebracht. Hat mich dafür bezahlt. Ich bekam das Fell, bekam Geld für jeden erlegten Jaguar. Gutes Geld: klingkling ... Nur ich wußte, wie man Jaguar jagt. Drum hat auch Nhô Nhuão Guede gesagt, ich soll hierbleiben, nur um diese ganze Welt vom Jaguar leerzumachen. *Anhum*, ich ganz allein .... *Araã* ... Ich verkaufte die Felle, verdiente gutes Geld. Kaufte Bleikugeln, Pulver. Kaufte Salz, kaufte Zünder. *Eh*, mußte weit laufen, um das alles zu kaufen. Auch braunen Zucker. Ich – weit! Ich kann weit laufen, sehr weit, laufe schnell, weiß, wie man auftreten muß, damit man nicht müde wird, setze Fuß

vor Fuß, marschiere die ganze Nacht. Bin schon mal bis zum »Rind vom Urucúia« gelaufen ... Ja. Zu Fuß. Ich will kein Pferd, mag keines. Ich hatte ein Pferd, es ging ein am Satteldruck. War einmal. Ging durch Krankheit ein. Das ist wahr. Ich sag die Wahrheit ... Will auch keinen Hund. Hunde machen Lärm, der Jaguar tötet sie. Jaguar will alles töten ... *Hui! Atiê! Atimbora!* Sie dürfen nicht sagen, daß ich Jaguar getötet habe, *Sie* dürfen das nicht. Ich darf es. Sagen Sie es nicht. Ich töte keinen Jaguar mehr, töte keinen. Es ist häßlich – daß ich getötet habe. Jaguar ist mein Verwandter. Ich habe getötet, haufenweise. Können Sie zählen? Zählen Sie vier, zehnmal, so: diesen Haufen nehmen Sie viermal. So viele? Für jeden, den ich schoß, warf ich einen Kieselstein in die Kürbisflasche. In die Kürbisflasche paßt kein Kiesel mehr rein. Jetzt will ich die Kürbisflasche, die voll ist mit Kieseln, in den Fluß werfen. Ich will keine Jaguare getötet haben. Wenn Sie sagen, daß ich einen Jaguar getötet habe, werde ich wild. Sagen Sie, ich habe nicht getötet, nicht, *tá-há*? Haben Sie es gesagt? *Aé*, ã – ã. Gut, schön, wirklich. Sie sind mein Freund! Ja, Nhor, ich trink noch einen. Guter Schnaps, prima Schnaps. Trinken Sie doch auch: der Schnaps gehört Ihnen; Schnäpschen ist Arznei ... Sie gucken so scheel. Wollen Sie mir die Uhr da schenken? Ah, Sie können's nicht, wollen's nicht, auch recht ... Auch recht, laß gut sein! Ich will keine Uhr. Laß gut sein. Dachte, Sie wollten mein Freund sein ... *Hum. Hum – Hum.* Ja. *Hum. Iá axi.* Ich will kein Messer. Will kein Geld. *Hum.* Ich geh mal kurz raus. Sie glauben wohl, daß der Jaguar nicht in die Nähe der Hütte kommt und nicht Ihren lahmen Gaul frißt? Hihi, der kommt. Und streckt die Tatze aus, riesig. Das Gras bewegt sich im Kreis, schwankt, langsam, sacht: das ist er. Kommt hereingeschlichen. Jaguartatze Jaguarpranke Jaguarschweif ... Kommt leise, will fressen. Brauchen keine Angst zu haben! Haben Sie welche? Wenn er brüllt, hehe, *mocanhemo,* haben Sie Angst. Er faucht – brüllt und reißt den Rachen so weit auf, daß er die Leere verschlingt ... *Urrurrú – rrrurrú* ... Er donnert sogar. Alles zittert. Riesenmaul, in das viel hineinpaßt, ein Zweimäulermaul! *Apê!* Angst? Gut, ich weiß, Sie haben keine Angst. Sind ein Draufgänger, sind gut, sind schön, sind mutig. Aber jetzt können Sie Messer und Geld hergeben, Kleingeld. Uhr will ich nicht, ist in Ordnung, hab nur Spaß gemacht. Wozu soll ich eine Uhr wollen? Brauche keine ...

Ei, bin auch nicht lächerlich. Sie wollen ein Jaguarfell? Hãhã, sehen Sie, ã-hã. Hübsches Fellchen? All das hab ich selbst gejagt, 's ist lange her. Die da hab ich nicht mehr verkauft. Wollte es nicht. Die dort? *Cangussú*-Männchen, hab ich am

Ufer vom Sorongo-Fluß gejagt. Hab es mit einem einzigen Stich erlegt, um das Fell nicht zu verderben. Haha, Medizinmann! Ein Mordsmännchen. Hat in den Schaft des Wurfspießes gebissen, der Biß ist noch zu sehen. Hätten Sie sehen sollen, wie das Riesenbiest sich kugelte, sich wie ein Ball drehte, weich, weich, blitzschnell, widerlich wie die Riesenschlange, wie der wütende Leib unter meinem Eisen zerging. Wand sich, teufelstoll, schlug um sich, fauchte, knurrte, wollte mich ins Dickicht zerren, voller Stacheln ... Hätt es mir fast noch besorgt!

Das andere Fell da, das gefleckte, aber mit den großen Ringelflecken, ist ein Pinima-Jaguar, ein Biest, das mächtig miaut. Hab ihn geschossen, er hockte auf einem Baum. Saß auf einem Baumast. War da, ohne Hals. Schlief scheinbar. Schlief, aber sah mich ... Sah mich sogar verächtlich an. Ich ließ ihn nicht mal die Ohren spitzen: drum drum Bum! Knall und Fall ... Ich ziele ins Maul, um das Fell nicht zu verderben. *Ã-hã*, wollte sich noch in den unteren Ast verkrallen – wer hat so viel Atem? Blieb langgestreckt hängen, dann fiel er von dort oben, stürzte, knackte zwei Äste ... Schlug auf den Erdboden, *ih*, *eh*!

Nhem? Der schwarze Jaguar? Gibt's hier genug. *Pixuna*, genug. Jagte ich auch, das gleiche. *Hum*, *hum*, der schwarze

Jaguar kreuzt sich mit dem gefleckten. Sie kamen geschwommen, einer hinter dem anderen, die Köpfe raus, Schulterblatt raus. Ich kletterte auf einen Stamm am Flußufer, schoß sie. Aber erst das Männchen, den *Jaguaretêpinima*, der zuerst kam. Ob der Jaguar schwimmt? Und ob, er ist ein Schwimmtier! Durchquert breite Ströme – gerade auf das Ziel los, geht an Land, wo er will ... Auch der *Suaçurana* kann schwimmen, aber der durchquert nicht gern Flüsse. Die beiden Pärchen, von denen ich erzähle, das war am Unterlauf eines anderen Flusses, ohne irgendeinen Namen, ein schlammiger Fluß ... Das Weibchen war eine *Pixuna*, aber nicht schwarz wie schwarze Kohle; es war kaffeeschwarz. Ich holte die Kadaver aus dem seichten Wasser: ließ mir die Felle nicht entgehen ... Gut, aber Sie sagen nicht, daß ich Jaguare gejagt habe, ja? Sie hören zu und sagen nichts. Das dürfen Sie nicht! Hum? Wirklich? *Hué! Ói*, daß mir Rot gefällt! Sie wissen es schon ...

Gut, ich trink ein Schlückchen. *Uai*, ich trinke, bis ich schwitze, bis ich Asche auf der Zunge habe ... *Cãuinhuara*! Ich muß trinken, um fröhlich zu sein. Muß es, um reden zu können. Wenn ich nicht viel trinke, kann ich nicht sprechen, ich weiß nicht, bin ich nur müde ... Laß gut sein, morgen gehen Sie ja fort. Und ich bleib hier allein, *anhum*. Was tut's? Ja, das

Fell da ist gut, von dem kleinen Jaguar mit dem großen Kopf. Wollen Sie den? Nehmen Sie ihn mit! Lassen Sie mir den übrigen Schnaps da? Sie haben ja Fieber. Sollten sich auf die Pritsche legen, sich in Ihren Mantel wickeln, mit dem Fell zudecken, schlafen. Wollen Sie? Ziehen Sie sich aus, legen Sie die Uhr in den Gürteltierschädel, legen Sie den Revolver daneben, niemand rührt was an. Werde Ihr Zeug nicht anrühren. Dann mach ich noch mehr Feuer, bleib wach, paß aufs Feuer auf, und Sie schlafen. Im Gürteltierschädel ist nur dies Stück Seife. Ist nicht meine, gehörte dem Schwarzen. Ich mag Seife nicht. Wollen Sie nicht schlafen? Schon gut, schon gut, hab nichts gesagt, hab nicht gesprochen ...

Sie wollen was über Jaguare wissen? Haha, die sterben mit einer Wut, die reden, was unsereins nicht redet ... An einem einzigen Tag hab ich drei gejagt. Eh, einer war ein *Suaçurana*, ein fuchsroter Jaguar, eine einfarbige Katze. Schlief tags, versteckt im hohen Gras. Den *Suaçurana* zu jagen ist mühsam: der läuft schnell, klettert auf Bäume. Zieht hierhin, dahin, haust aber im Dickicht der Bergrücken. Der *Pinima* läßt den *Suaçurana* nicht am Sumpfrand wohnen, der *Pinima* jagt jeden *Suaçurana* fort ... Hab sein Fleisch schon gegessen. Gut, schmackhafter, weicher. Hab es mit wilden *Carurú*wurzeln gekocht. Viel Salz, starker Pfeffer. Vom *Pinima* hab ich nur das Herz gegessen, *mixiri*, gedünstet, geröstet, auf alle Arten. Hab meinen Körper mit seinem Fett eingerieben. Damit ich nie mehr keine Angst bekomme!

Wie, Nhor? Ja, Nhor. Viele, viele Jahre. Hab mit den Jaguaren an drei Orten aufgeräumt. Dort drüben fließt der Rio Sucuriú, mündet in den Rio Sorongo. Dort ist der Buschwald Urwald. Aber auf dieser Seite fließt der Rio Ururáu, nach zwanzig Léguas kommt das Mönchswehr, dort kann's schon Güter geben und Vieh. Hab alle Jaguare erlegt ... Eh, hier kann niemand wohnen, niemand, der nicht ich ist. *Eh nhem*? Ahã-hã ... Gibt kein Haus weit und breit. Erst hinter den Buritípalmen gibt's ein Haus, sechs Léguas weg, mitten im Moor. Ein Ackerbauer wohnt dort, Seu Rauremiro. Der Ackerbauer starb, auch seine Frau, die Töchter, ein kleiner Junge. Starben alle an einer Krankheit. Das ist wahr. Ich sage die Wahrheit ... Hier kommt niemand her, das ist zu mühsam. Zu abgelegen, als daß Leute herkommen können. Nur viel weiter weg, eine Wochenreise von hier, kommen Leute hin, reiche Jäger, Jaguarjäger, sie kommen jedes Jahr, im Monat August, auch zur Jaguarjagd.

Bringen große Jagdhunde mit, Jaguarhunde. Jeder hat einen guten Karabiner, eine Flinte, möchte auch so eine ... *Hum, hum*, der Jaguar ist nicht dumm, flieht vor den Hunden, klettert auf die Bäume. Die Hunde bellen, schnüffeln der Fährte nach ... Wenn der Jaguar kann, schlägt er sich in den drekkigen Busch, ins Dickicht, eh, dort kann man kaum sehen, ob einer da ist. Die Hunde bellen, stellen ihn: und er faucht, fakkelt, fuchtelt, schlägt zu, reißt den Hund so und so, er tut's auf jede Weise. *Ã-hã* ... Wartet geduckt, so ist er am gefährlichsten: er will erlegen oder erliegen, so oder so ... *Eh*, er röchelt wie eine Wildsau, ein Hund rückt ihm nicht so leicht aufs Fell. Keiner kommt ihm nahe. Einmal die Pranke gehoben – und genug! Tatzenhieb, Prankenhieb ... Er ist wendig, springt zur Seite, Sie sehen nicht, woher er kommt ... Zass! Noch im Verenden reißt er den größten Hund. Und brüllt und röhrt. Reißt dem Hund den Kopf ab. Haben Sie Angst? Ich werd's Ihnen zeigen, hm: Sie sehen dorthin, woher kein Wind kommt – dorthin halten Sie die Augen offen, denn von dorther kann der Jaguar plötzlich auftauchen und Sie anspringen ... Springt zur Seite, verändert den Sprung in der Luft. Springt kreuzweise. Gut, wenn Sie's lernen. Es ist Sprung und Gegensprung. Er läßt die Ohren flitzen, schlakkern, ein Knallen, wie Steinregen. Schlägt Haken. Haben Sie schon eine Schlange gesehen? Genau so. *Apê! Poronga suú, suú, jucá-jucá* ... Manchmal macht er ein wenig Lärm, raschelt im dürren Laub, tritt aufs Unterholz, *eh*, *eh* – und die Vögel fliehen. Das Wasserschwein schreit, Sie hören's von weitem: *Au*! und springt ins Wasser, dann ist der Jaguar nah. Wenn der *Pinima* springt, um Sie zu fressen, ringelt sich sein Schwanz mit dem Ende nach oben, dann steht er still. Gestreckt: der Kopf wird größer, wenn er den Rachen aufreißt, die Flecken werden länger, die Augen weichen seitwärts, das Grinsen wie festgenagelt. *Ói:* das Maul – *ói:* der Bart tanzt... Zunge seitlich gefaltet... Er öffnet die Vorderbeine, setzt an zum Sprung: hockt auf den Läufen – ei, ei – den Hinterläufen ... Kauernder Jaguar wird zum Teufel, sitzt auf dem Erdboden, knackt Holz, zerstückelt's. Reckt sich, steht auf zwei Beinen. Wer dann kommt, ist schon zerrissen. Eh, Jaguarhieb ist schlimmer als Keulenhieb ... Haben Sie den Schatten gesehen? Dann sind Sie schon tot... *Ah, ah,* ah... *Ã ã-ã-ã*... Keine Angst, ich bin da.

Nun, ich trink noch einen, macht Ihnen nichts aus, wie? Jetzt bin ich fröhlich! Bin ja auch kein Geizhals, Essen und Schnaps sind zum Verbrauchen da, solange man Lust darauf hat ... Tut gut, den Bauch zu füllen. Sehr guter Schnaps, so was fehlte mir hier. Eh, schlechtes Brennholz, Ihre Augen tränen vom Rauch ... *Nhem*? Das sagen Sie! Ich finde es nicht traurig hier. Finde es auch nicht schön. Es ist, wie's ist, wie jeder andere Ort auch. Es gibt gute Jagd hier, gute Flußtiefen zum

Schwimmen. Kein Ort ist schön oder häßlich, dazu ist er nicht da. Ein Ort ist zum Wohnen da, ich wurde bezahlt, um herzukommen und den Jaguar zu jagen. Jetzt töte ich keinen mehr, nie mehr. Töte das Wasserschwein, die Otter, und verkaufe das Fell. Ja, Nhor, ich mag Leute, mag sie. Ich laufe lange, marschiere lange, um Leute zu treffen. Bin ein Läufer, bin wie ein Feldhirsch ...

Da war eine verheiratete Frau am Rand der Hochebene, an der Bachmündung in der Niederung des Xunxúm. Ein Weg führt dort vorbei, ein Gutspfad. Ein strammes Weib, hieß Maria Quirinéia. Ihr Mann war verrückt, Seu Siruvéio, lebte festgebunden an einer schweren Kette. Der Mann redete nur Unsinn, in Nächten des abnehmenden Mondes schrie er Unsinn, schrie, *nheengava* ... Nein, sie sind nicht tot. Sind beide nicht an Krankheit gestorben, nein. Eh, Leute ...

Feines Schnäpschen! Spüle gern den Mund damit, schlucke ihn dann herunter. *Humhum. Ããã* ... Hier in der Runde gibt's nur mich und den Jaguar. Der Rest ist Essen für uns. Der Jaguar, auch der weiß allerhand. Da gibt's manches, was er sieht und was unsereins nicht sieht, nicht sehen kann, *Ih*! So manches ... Viel will ich nicht wissen, sonst tut mir der Kopf weh. Weiß nur, was der Jaguar weiß. Aber das weiß ich alles. Hab's gelernt. Als ich herkam, blieb ich für mich. Allein ist schlecht, man quält sich. Nhô Nhuão Guede ist ein schlechter Mensch, hat mich hier allein gelassen. *Atié*! Heimweh nach meiner Mutter, die gestorben ist, *çacyara. Araã* ... Ich *nhum* – allein ... Ich hatte keine Stütze ...

Dann hab ich gelernt. Ich mach's wie der Jaguar. Die Macht des Jaguars: er hat keine Eile; einer wie er liegt auf den Erdboden, nutzt die Vertiefung von jedem Loch; nutzt das Gras, sucht jedes Baumversteck, rutscht auf der Erde lang, immer vorsichtig, schleicht hin und her, katzenweich, *pô-pu, pôpu*, bis er nahe an der Beute ist, die er reißen will. Pirscht sich heran, äugt, äugt, darf nicht müde werden beim Äugen, *eh*, und mißt den Sprung ab. *Hã, hã* ... Macht einen Satz, mitunter zwei. Springt er vorbei, muß er hungern, aber noch schlimmer ist, daß er fast verreckt vor Scham ... Dann springt er: blickt ganz fest, blickt zum Angstmachen, kennt kein Mitleid, mit niemand ... Er zittert von vorn bis hinten, setzt die Tatzen, nimmt die Peitsche und springt, Sprung! – Wunderbar ...

Ei, wenn er dann auf dem Hirsch sitzt, dem armen, da zittern vielleicht Muskelbälle über seinen Rücken, vom vielen Morden, auch die Flecken glänzen mehr, die Läufe helfen mit, eh, feiste Läufe wie von Kröten, der Schweif rollt sich auf; man meint, er müsse gleich platzen, der langgestreckte

Hals ... *Apê*! Und er reißt, und er frißt, und ... Hirschfleisch kracht. Der Jaguar brüllt laut, *tarará*, der böse Schweif steil, und verkrallt sich, ôi, Krallen heraus, wieder brüllt er, und Schluß. Ein Freß- und Sauffest. Ist's ein Kaninchen, ein kleines Tier, frißt er sogar die Gelenke: verschlingt alles, *mucunando*, und läßt kaum die Knochen übrig. Eingeweide und Innereien mag er nicht ...

Schön ist der Jaguar! Haben Sie schon einen gesehen? Wenn das Röhricht zittert, nur ein winziges bißchen zittert: dann ist es einer, ist es einer, kann sein ... Haben Sie einen hinterher gesehen? Wenn er daher kommt, mit vollem Bauch? *Ã-hã*! Kommt mit gesenktem Kopf, kommt ganz langsam: bäumt den Rücken, senkrecht, hebt eine Schulter, hebt die andere, jedes Schulterblatt, jede runde Flanke ... Das schönste Jaguarweibchen ist Maria-Maria ... He, wissen Sie was? Nein, das erzähle ich nicht. Erzähl's nicht, auf keinen Fall ... Sie wollen viel zuviel wissen!

Man hat mich hier allein gelassen, ich *nhum*. Man hat mich hier gelassen, um zu töten, als Tigerjäger. Hätten's nicht tun dürfen. Nhô Nhuão Guede hätte's nicht tun sollen. Wußte er denn nicht, daß ich ein Verwandter von ihnen bin? Oh ho! Oh ho! Ich verwünsche, ich verfluche mich, weil ich so viele Jaguare getötet habe, warum habe ich das getan?! Ich kann schimpfen, das kann ich. Und ich schimpfe. *Tiss, n't, n't!* ... Wenn ich den Bauch voll habe, mag ich keine Leute sehen, mag ich an niemand denken: dann habe ich die Wut im Bauch. Ich muß, scheint's, immer an sie denken, wenn ich spreche. Ich will's aber nicht. Ich bin gut, bin wortkarg. Früher, zu Anfang, mochte ich Leute leiden. Jetzt mag ich nur noch den Jaguar. Ich rieche so gern seinen Atem ... Maria-Maria – hübsches Jaguarweibchen, *Cangussú*, gut, schön.

Es ist jung. Schauen Sie, schauen Sie – eben hat es gefressen, es hustet, es spielt mit seinem Bart, he, harter Bart, weiß, abwärts stehender Bart, kitzelt mich im Gesicht, er *muquirica* so köstlich. Jetzt geht es Wasser trinken. Das Schönste, was es gibt, ist Maria-Maria, hingegossen auf dem Erdboden, wenn sie Wasser säuft. Wenn ich rufe, kommt sie. Wollen Sie's sehen? Sie zittern, ich weiß. Sie müssen keine Angst haben, sie kommt nicht, nein, kommt nur, wenn ich rufe. Rufe ich nicht, kommt sie nicht. Hat auch Angst vor mir, wie Sie ...

Eh, diese Hochlandwelt ist mein Feld, *eh*, hier – das gehört mir alles. Würde meiner Mutter gefallen ... Ich will, daß alle Welt Angst vor mir hat. Sie nicht, Sie sind mein Freund ... Hab sonst keinen Freund. Hab ich einen? *Hum. Hum, Hum ... Nhem?* Die nächsten Anwohner in der Gegend waren drei Männer, Hochlandleute am Rand des Plateaus. Waren gefürchtete Verbrecher, *Jababoras*, lebten hier versteckt. *Nhem*? Wie sie hießen? Wozu müssen Sie das wissen? Waren es Verwandte von Ihnen? Axi! Einer hieß Gugué, so ein halb Dicker; der andere Antunias – der hatte Geld vergraben! Der dritte war Seu Riopôro, ein zorniger, brutaler Mensch: den mochte ich nicht...

Was die hier taten? *Ã-hã* ... Der Jababora fischt, jagt, baut Maniok an; sie verkaufen auch Felle, kaufen Pulver, Blei, Zünder, gutes Zeug... *Eh*, sie wohnen auf der Hochebene, in der Buschsteppe. Dort taugt der Boden nichts. Weiter weg von hier, am Schwarzen Hund, gibt's viele Jababoras – Sie können hingehen, selber sehen. Die ziehen Milch aus Mangabeira-Bäumen! Armes Volk! Haben nicht mal mehr was anzuziehen ... Eh, manche gehen nackt. *Ixe* ... Ich habe Wäsche, meine Kleider, einen Trog.

Nhem? Die drei Hochländler? Wußten nicht, wie man den Jaguar jagt, hatten Angst, und wie! Wußten nicht wie ich, wie man mit dem Wurfspieß jagt. Wir tauschten Tabak gegen Salz, redeten miteinander, ich lieh ihnen ein Stück braunen Zucker aus. Dann starben sie, alle drei, alles starb, alles – *Cuéra*. Starben an Krankheit, *eh*, *eh*. Das ist wahr. Ich sage die Wahrheit.

Mit meinem Wurfspieß? Töte ich keinen Jaguar mehr. Hab

ich's nicht gesagt? Ah, ich weiß. Wenn ich will, töte ich noch! Wie das ist? Ich warte. Der Jaguar kommt. *Heeé*! Kommt eilends, eilig, mit Ihren Augen können Sie seinen Umriß nicht sehen. Eh, er murrt, springt aber nicht. Reckt sich, streckt sich, katzengleich, flach auf dem Boden. Springt nicht, nie. Eh – kommt bis an meine Füße, ich lege das Blatt des Speeres an. *Erê!* Setze ihm die Spitze auf die Brust, auf die richtige Stelle. Wenn man etwas aufstützt, legt er sich hin. Will alles betasten, betatzen, fassen, will alles umarmen. Manchmal richtet er sich sogar etwas auf. Der Jaguar zieht sogar am Spieß, damit die Spitze auf ihn zukommt. *Eh*, dann stoße ich zu ... Und schon keucht er. Blut kommt, rot, dann fast schwarz ... Losung, armer Jaguar, ärmster, Speerspitze dringt in ihn ein ... *Teité* ... An einem Messerstich sterben? *Hum hum*. Gott steh mir bei ... Spüren, wie das Eisen einem ins lebendige Fleisch dringt ... *Atiúca!* Haben Sie Angst? Ich hab keine. Ich fühle keinen Schmerz ...

Haha, glauben Sie nur nicht, daß er so langsam ist und zahm, nein. *Eh, heé*. Der Jaguar erstickt vor Zorn. Unter dem Speer rutscht er hin und her, *ciririca*, wehrt sich. Jaguar ist Jaguar – wie eine Schlange. Dreht sich nach allen Seiten. Sie denken, es sind viele, er verwandelt sich in andere. Eh, sogar der Schwanz teilt Schläge aus. Er rollt sich auf, ringelt sich,

schlägt Purzelbäume, eh, klappt sich zusammen, entwirrt sich, verkrümmt sich ... Sie sind an so was nicht gewöhnt, sehen es auch nie, könnten es nicht, würden umfallen ... Seine Kraft, Sie ahnen sie nicht! Er reißt den Rachen auf, speit fürchterlich, röchelt heiser, heiser. Wahnsinnig, seine Schnelligkeit. Zerrt Sie zu Boden, *ai, ai, ai* ... Manchmal nimmt er Reißaus, entwischt, verschwindet im Bambusgehölz, der Verdammte. Pfeift schon auf dem letzten Loch und tötet noch immer, tötet ... Tötet schneller als alles. Paßt der Hund nicht auf, packt Jaguarpranke ihn von hinten, reißt ihn in Fetzen ... *Apê*! Gut, schön. Ich bin ein Jaguar ... Ich – Jaguar!
Finden Sie, daß ich einem Jaguar gleiche? Aber es gibt Stunden, wo ich ihm mehr gleiche. Sie haben es noch nicht gesehen. Hätten Sie das – ein Spiegelchen, ja? Möcht gern mein Gesicht sehen ... *Tiss, n't, n't* ... Hab ein scharfes Auge. Eh, man muß wissen, wie man den Jaguar anschaut, ihm ins Auge schaut, ihn mutig anschaut: ha, das macht ihm Eindruck. Wenn Sie ihn voll Angst ansehen, das weiß er, dann sind Sie schon tot. Angst darf man nicht haben. Jaguar weiß, wer Sie sind, weiß, was Sie fühlen. Ich kann's Ihnen beibringen, Sie können's lernen. *Hum*. Er hört alles, merkt jede Bewegung. Wittern – der Jaguar wittert nicht. Er hat keinen guten Spürsinn, er ist kein Hund. Jagt mit den Ohren. Schnaubt das Rind im

Schlaf, knackt ein Dorn: der Jaguar merkt es eine halbe Légua weit weg ... Nein, Nhor, der Jaguar lauert nicht auf dem Baum. Nur der *Suaçurana* setzt von Baum zu Baum und holt sich Affen. *Suaçurana* springt auf den Baum hinauf; der gefleckte Jaguar springt nicht: der gefleckte läuft senkrecht hinauf wie eine Katze. Haben Sie's schon gesehen? *Eh, eh*, ich klettre auf einen Baum, lege mich auf die Lauer. Ich, ja. Von oben zu spähen ist besser. Niemand sieht, daß ich was sehe ... Sich auf dem Erdboden an den Jaguar heranzuschleichen, hab ich erst richtig vom Jaguar gelernt. So langsam, daß man selber nicht merkt, daß man vorwärts kommt ... Jede Bewegung beim Jagen muß man lernen. Ich weiß, wie Sie die Hand bewegen, wie Sie nach unten oder oben schauen, weiß schon, wie lange Sie notfalls brauchen, um zu springen. Weiß, welches Bein Sie zuerst heben ...

Wollen Sie mal hinausgehen? Nach Belieben. Schauen Sie nach, wie hoch der Mond steht: bei starkem Mondschein gehen sie auf die Jagd, in hellen Nächten. In schwarzer Nacht jagen sie nicht; nur gegen Abend, wenn's dunkelt, und wenn der Tag graut ... Am Tag schlafen alle, im Röhricht, am Moorrand oder im dunkelsten Dickicht, im Bromeliengestrüpp, mitten im abgeholzten Wald ... Nein, Nhor, um diese Zeit miaut der Jaguar kaum. Er jagt stumm. Es können Tage vergehen, bevor Sie auch nur ein kurzes Miauen hören ... Das Geräusch eben war ein Schlangenstorch ... *Hum. Hum.* Kommen Sie rein. Setzen Sie sich auf die Pritsche. Wollen Sie sich in die Hängematte legen? Die Hängematte gehört mir, aber ich überlasse sie Ihnen. Werde Maniokwurzeln braten, für Sie. Schmeckt gut. Dann nehme ich noch ein Schlückchen. Wenn Sie sich legen, trinke ich, bis zum letzten Tröpfchen. *N't, m'p, aah* ...

Wo ich's gelernt habe? Weit weg von dieser Gegend, dort gibt's Männer ohne Angst, fast wie ich. Haben's mich gelehrt, mit dem Wurfspieß. Uarentin Maria und Gugué Maria – zwei Brüder. Kein Spieß wie dieser, Schaft von eineinhalb Meter Länge, schöne Stange, gut ausgerichtet. Da war auch Nhô Inácio, der alte Nhuão Inácio: ein Schwarzer der, aber ein guter Schwarzer, *abaeté*, *abauna*. Nhô Inácio, Meister des Wurfspeers, besaß keine Feuerwaffe, nur den Wurfspieß, uralten Spieß, der spielt mit dem Jaguar. Sein Bruder, Rei Inácio, hatte einen Stutzen ...

Nha-hem? Hã-hã. Weil's der eine Jaguar dem anderen nicht erzählte, wissen sie nicht, daß ich herkam, um Schluß mit ihnen allen zu machen. Waren bei mir nicht argwöhnisch, witterten, daß ich ihr Verwandter bin ... Eh, Jaguar ist mein Onkel, der *Jaguaretê*, alle. Sie flohen nicht vor mir, darum tötete ich ... Erst wenn's soweit war, wußten sie Bescheid und wurden wütend ... Eh, ich schwör es Ihnen: dann habe ich nicht mehr getötet! Ich töte nicht mehr. Kann es nicht, hätte es nicht tun sollen. Und die Strafe kam: Ich bekam Pech, Pechsträhnen ... Denke nicht gerne dran, daß ich getötet habe. Meinen Verwandten, wie konnte ich?! *Ai, ai, ai*, meine Verwandten ... Ich muß weinen, sonst werden sie wütend.

Ja, Nhor, einige bekamen mich zu fassen. Fraßen ein Stück von mir, schauen Sie! Es war nicht auf dem Hochland. War am Fluß drüben, anderswo. Die anderen, die Mitjäger, schossen vorbei, bekamen es mit der Angst. *Eh,* ein großfleckiger *Pinima* sprang mitten unter die Leute, wälzte sich mit uns am Boden, mit allen. Er war wahnsinnig. Zerfetzte einem den Brustkorb, riß ihm die Lunge heraus, wir sahen sein Herz in ihm drin, in einem Blutbrei schlagen. Kratze einem anderen die Haut aus dem Gesicht – Antonho Fonseca. Ritzte mir dieses Kreuz in die Stirn, schlitzte mir das Bein auf, die Kralle grub eine Grube hinein, zerriß es, *muçuruca*, war eine böse Wunde. Giftige Kralle, nicht scharfgespitzt, drum reißt sie auf, entzündet. Auch sein Zahn! *Pa! Iá, iá, eh,* ein Tatzenhieb des Jaguars kann einem den Spieß aus der Hand schlagen ... Die Männer versetzten ihm mehr als dreißig bis vierzig Messerstiche! *Hum*, wären Sie dabeigewesen, Sie wären heute tot

... Der *Pinima* erledigte fast fünf Männer. Riß dem Spießwerfer alles Fleisch vom Arm, nur der Knochen blieb übrig mit dem dicken Nerv und der straffen Ader ... Ich lauerte hinter der Palme, Messer in der Faust. Der *Pinima* sah mich, umarmte mich, ich lag unten, ein Knäuel wir beide. *Hum*, sein Fell ist schlecht zu packen, es ist glitschig wie Seife, klebrig wie *Quiabo*, es zittert hin und her, wie eine Schlange, eh, Schlange ... Er wollte mich zerfetzen, war aber schon müde, hatte viel Blut verloren. Ich packte das Biest am Maul, es konnte nicht mehr beißen. Verkrallte sich in meine Brust, auf dieser Seite hab ich keine Warze mehr. Mit drei Händen! Riß mir den Arm auf, meinen Rücken, verendete, in mich verkrallt, von den vielen Messerstichen, vergoß all sein Blut ... Ein *Manhuaçá*-Jaguar. Hat auf meinen Kopf gegeifert, mein Haar stank von seinem Geruch viele Tage, viele Tage ...

Hum, hum. Ja, Nhor. Sie wissen, daß ich zu ihrer Sippe gehöre. Das erste Jaguarweibchen, das ich sah und nicht tötete, war Maria-Maria. Ich schlief im Busch, ganz in der Nähe, an einem Feuer, das ich gemacht hatte. Im Morgengrauen schlief ich ein. Es kam. Es weckte mich, beroch mich. Ich sah ihre hübschen Augen, gelbe Augen mit den kleinen schwarzen Flecken darin, die im Halbdunkel hüpften ... Drum stellte ich mich tot, konnte ohnehin nichts machen. Sie beroch mich, schnüffelte, schnupperte, Pranke erhoben, ich dachte, sie sucht meinen Hals. Eine *Urucuera* pfiff, Kröte quakte, quakte, Tiere im Busch, ich hörte es, immerzu ... Rührte mich nicht. Mein Lager war weich, bequem, ich lag im Rosmarin. Das Feuer war erloschen, aber die Glut gab noch Wärme. Sie strich über mich hin, sah mich an. Ihre Augen dicht nebeneinander, die Augen blitzten – *ping*, *ping*, zorniges Auge, spitz, stet, ruht auf dir, will *munguitar*: läßt nicht los. Lange Zeit tat sie nichts. Dann legte sie eine Mordshand auf meine Brust, ganz zart. Ich dachte – jetzt bin ich tot: denn sie sah, daß da mein Herz war. Aber sie drückte nur leicht auf, mit einer Hand, dann mit der anderen, *sossoca*, wollte mich wecken. Eh, eh jetzt wußte ich's ... Jaguarweibchen von einem Jaguarweibchen – es mochte mich leiden, jetzt wußte ich's ... Ich machte die Augen auf, schaute. Sagte leise: »Ei, Maria-Maria ... Mußt verständig sein, Maria-Maria ...« *Eh*, sie knurrte und hörte es gerne, rieb sich wieder an mir, miau-miau. Eh, sie redete mit mir, *jaguanhenhém*, *jaguanhém* ... Schon war ihr Schweif hart, schlug, *sacê-sacemo*, Jaguarschweif kommt fast nie zur Ruhe: *ã*, *ã*. Dann lief sie weg, belauerte mich aus der Ferne, kauerte sich nieder. Ich rührte mich nicht und blieb, wie ich war, auf dem Rücken liegen, sprach mit ihr weiter, sah sie nur an und gab ihr gute Ratschläge. Als ich aufhörte zu sprechen, miaute sie piepend – *jaguanhenhém* ... Hatte den Bauch voll, leckte sich die Pfoten, leckte den Hals. Kleingefleckte Stirn, Tauschnaps um die Nüstern ... Dann legte sie sich dicht neben mich, ihr Schweif tupfte mir sanft das Gesicht ... Sie schlief halb ein, drückte im Schlaf das Auge heraus. Schlief und schlief wieder ein, das Gesicht in der Hand, die Nase der kleinen Schnauze in die Hand gebettet ... Ich sah, daß ihre Milch trocknete, sah die Zipfel der Brüstchen. Ihre Jungen waren gestorben, ich weiß nicht, woran. Aber jetzt wird sie nie mehr Junge bekommen, nein, *ara*! – Nie mehr ...

Nhem? Und dann? Dann schlief sie, *uê*! Schnarchte, das Gesicht zur Seite gewendet, zeigte ihre wilden Zähne, die Ohren angelegt. Und zwar wegen einem *Suaçurana*, der näher kam. Ein heller *Suaçurana*, maisfarben. Der *Suaçurana* blieb stehen. Er ist der Schlimmste, ein wüstes Tier, blutrünstig. Ich sah sein grünes Riesenauge, seine Augen, auch flackernd, abgerundet, sie schienen aus dem Kopf fallen zu wollen. *Hum, hum*, Maria-Maria knurrte, *Suaçurana* machte kehrt, kehrt.

Eh, *catú*, gut, schön, *porã-poranga*! – Das Beste von allem. Maria-Maria stand auf, stellte die Ohren nach vorn. *Eh*, und ging langsam weg, zu ihrem Tageslauf. Sie würden sagen, ihr Gang war schwerfällig, aber wenn sie will, ist sie leicht, leichtfüßig, sie braucht nur zu müssen. Schön wiegt sie sich, schlechtes Reittier, heftig, ein Haufen Fell, geschmeidige Pfote ... Schritt bis zum Perobabaum, reckte sich, hieb die Krallen in den Stamm, ritzte von oben nach unten, grub ihre Nägel in den dicken Peroba und schliff sie fein. Dann ging sie zum weißen Ipêbaum. Hinterließ auch dort ihre Spuren, Sie können sie noch sehen.

Hätt ich's gewollt, ich hätt sie töten können. Ich wollte es nicht. Wie hätte ich Maria-Maria töten können? Und ich war auch zu jener Zeit traurig, traurig, hier so allein, ich *nhum*, und noch trauriger und unglücklicher, weil ich Jaguare getötet hatte, ja ich war ganz geschwächt. Seit diesem Tag tötete ich keinen Jaguar mehr, der letzte, den ich erlegte, war der *Suaçurana*, ich verfolgte seine Spur. Der *Suaçurana* ist nicht mein Verwandter, mein Verwandter ist der schwarze Jaguar und der gefleckte ... Ich tötete ihn, als die Sonne erwachte. Der *Suaçurana* hatte einen jungen Steppenhirsch gefressen. Ich machte Schluß mit ihm aus Wut, weil er da, wo ich schlief, seinen Dreck abgeladen hatte, das Bambusröhricht war voller Kot. Eh, sie decken's zwar mit Erde zu, aber das Männchen deckt's nicht so gut zu, Männchen ist schweinischer ...

A-hã. Maria-Maria ist hübsch, Sie müßten sie sehen! Hübscher als jede Frau. Sie riecht nach der Blüte des Knoblauchbaums im Regen. Sie ist nicht mal groß. Sie ist ein *Cangussú*, kleines Dickköpfchen, außer den Flecken ist sie gelb, hell, hell. In der Trockenzeit sind sie noch heller. Fell, das glänzt, weich, weich. Flecken, aber keiner ist richtig schwarz, nein: dunkelrot, so rotbraun violett. Ob sie keine hat? Sie hat von allem. Haben Sie schon ihre Flecken und Ringe verglichen? Zählen Sie sie: sie sind so verschieden, daß Sie keine zwei gleichen finden werden, o nein ... Maria-Maria hat einen Berg kleiner Flecken. Ein vermummtes Gesicht, klein, hübsch, voller Sommersprossen, so, so. Ein Fleckchen in jedem Mundwinkel, andere hinter den kleinen Ohren ... In den Ohrmuscheln ist sie ganz weiß, wie Watte. Auch der Bauch. Am Bauch und unter dem Hals und auf der Innenseite der Läufe. Ich kann sie streicheln, so lang ich will, das mag sie ... Leckt mir die Hand, leckt behutsam, so wie die Weibchen ihre Jungen sauber lecken; sonst würde keines das Schaben ihrer dicken Zunge aushalten, die kratzig ist und ein rauherer Schmirgel als das *Sambaía*-Blatt; denn wie sollte sie sonst ihr Junges ablecken, rein lecken, ohne es dabei mit der Zunge wundzureiben?

Nhem? Sie und ein Männchen haben, Maria-Maria?! Sie hat kein Männchen. *Xô! Pa! Atimbora!* Wenn der ein Männchen zu nahe kommt, töte ich es, töte, töte ich's, und mag es ein noch so naher Verwandter von mir sein!

Gut, aber jetzt müssen Sie schlafen. Ich auch. *Ói:* es ist spät. Das Sejuçu-Gestirn steht schon hoch, sehen Sie seine Sternchen ... Ich werde nicht mehr schlafen, 's ist fast Zeit für mich, loszugehen, ich steh früh auf, lange vor Tagesanbruch. Aber Sie müssen schlafen. Warum legen Sie sich nicht hin? Sitzen nur kauernd da und stellen mir Fragen, ich antworte, und schon stellen Sie mir neue Fragen! Wozu? Mittlerweile trinke ich Ihnen den ganzen Schnaps weg. *Hum, hum,* ich werde nicht betrunken. Ich werde nur betrunken, wenn ich viel, viel Blut trinke ... Sie können beruhigt schlafen, ich passe auf, halte ein Auge auf alles. Ich sehe ja, daß Sie Schlaf haben. *Ói,* wenn ich will, ritze ich zwei Kreise in den Erdboden – das sind Ihre Augen –, dann trete ich drauf, und schon schlafen Sie ... Ei, aber Sie haben auch Mut und sind der Mann, anderen die Stirn zu bieten. Sie haben ein starkes Auge. Sie könnten sogar den Jaguar jagen ... Seien Sie ruhig. Sie sind mein Freund.

Nhem? Nein, Nhor, davon weiß ich nichts. Ich weiß nur was vom Jaguar. Von Rindern versteh ich nichts. Rind ist gut zum Essen. Ochse, Kuh, Stier. Mein Vater kannte sich aus. Mein Vater war kein Indio-Bugre, mein Vater war ein Weißer, weiß wie Sie, mein Vater Chico Pedro *mimbauamanhana-çara,* ein echter Viehtreiber, ein ganz roher. Starb in Tungo-

Tungo, im Hochland von Goiás, auf der Fazenda-vom-Wilden-Bach. Totgeschlagen. Weiß nichts von ihm. Vater der ganzen Welt. Ein dummer Mensch.

Nhor? *Hã*, *hã*, ja, Nhor. Sie kann in die Nähe kommen, die Hütte umschleichen. Sie sind in der Gegend, jeder Jaguar lebt für sich allein, fast das ganze Jahr hindurch. Es gibt keine Pärchen, die immer zusammen sind, nur eine Zeitlang, einen Monat. Nur die *Jaguatirica*, die große Wildkatze, die lebt paarweise. *Ih*, es gibt viele, haufenweise. Eh, jetzt, wo ich nicht mehr töte, ist das hier ein *Jaguaretama*, Jaguarland, und wie ...! Ich kenne mich aus, kenne sie alle. Jetzt kann keiner mehr reinkommen – die hier wohnen, lassen's nicht zu, sonst räumen sie auf mit allem, was es noch an Wild gibt. Jetzt töte ich nicht mehr, jetzt haben alle Namen. Ob ich sie ihnen gegeben habe? *Axi!* Nicht, daß ich allein sie ihnen gegeben habe, ich weiß, daß es ihre Namen waren. *Atié* ... Wenn's nicht so ist, warum wollen Sie's dann wissen? Warum fragen Sie? Wollen Sie Jaguare kaufen? Wollen Sie mit einem Jaguar reden? *Teité* ... *Axe*. Ich weiß, Sie wollen es wissen, nur um noch mehr Angst zu kriegen, *tá-há*?

Ha, gut. *Ói:* in einer Höhle dort drüben, gleich in der Nähe, haust der Jaguar *Mopoca*, ein *Cangussú*-Weibchen. Hat spät geworfen, hat Jaguarjunge, *Jaguaraím*. *Mopoca*, gute Jaguarmutter, zog immer um mit ihrer Brut, trug das Junge im Maul. Nun hat sie sich beruhigt, ihr Versteck ist gut. Wagt sich kaum in die Umgebung, frißt auch nicht richtig. Verläßt kaum ihren Bau. Nur um zu saufen. Hat geworfen, ist mager, hat immer Durst, immerfort. Junges, *Jaguaraím*, Jaguarhündchen, Jaguarchen, zwei sind's, wie zwei große Bälle, sehen aus wie verfaulte Holzwürmer, können sich kaum richtig bewegen. Die *Mopoca* hat viel Milch, Jaguarmutter säugt sie die ganze Zeit . . .

Nhá-em? Eh, ob noch andere? *Ói:* weiter weg, in derselben Richtung, gute fünf Léguas, haust der schlimmste Jaguar von allen, die *Maramonhangara*, sie herrscht, streitet mit den anderen, fordert sie heraus. Auf der anderen Seite, am Moorrand, gibt's die *Porreteira*, großfleckig, riesig, man braucht nur ihre Pranke anzusehen, ihre Krallen, eine flache Pranke ... Noch weiter weg ist die *Tatacica*, schwarz, eine schwarze *Jaguaretê-Pixuna*; langbeinig und wütend. Die fängt Fische, massenweise . . . Hm, ob noch mehr schwarze? Die *Uinhúa*, die haust in einer guten Flußhöhle, einer Höhle am Hang, unter der Großwurzel des Gameleira-Baums . . . Dann ist da die *Rapa-Rapa*, eine alte, großfleckige, schlaue *Pinima*: sie zieht von hier aus und jagt bis in eine Entfernung von zwanzig Léguas, sie ist überall. *Rapa-Rapa* haust in einer kleinen

Felsenhöhle – der Jaguar liebt Höhlen, so was mag er ... Die *Mpú* und die *Nhã-ã* wurden verjagt, weit weg von hier, die anderen verscheuchten sie, weil das Fressen nicht reichte ... Eh, drum wechseln sie oft ihre Behausung ... Ich weiß nichts mehr von ihnen, sie sind nicht mehr da. Eine wilde *Cangussú* ist die *Tibitaba* – ein Jaguarweibchen mit Augenbrauen: Sie können sie sehen, sie liegt am Uferhang, dicht am Wasser, die Pfoten hängen halb herunter ... Es gab noch andere, gibt sie nicht mehr: die *Coema-Piranga*, rötlich, ist tot, hat sich an einem Knochen verschluckt, verteufelt ... Das Jaguarweibchen *Putuca*, alt, alt, mit hohen Flanken, lebte und hungerte, bequält vom Hunger, im Busch ... *Nhem? Hum, hum*, von der Maria-Maria sag ich nicht, wo sie wohnt. Weiß ich, ob Sie sie nicht töten wollen?! Was weiß ich ...

Hã-hã. Und die Männchen? Viele, *ih*, Haufen. Wenn Sie *Menschenfresser* sähen: ein großfleckiges Riesenmännchen, so groß, daß man Angst kriegt ... Und Fangzähne hat er wie Fleischermesser, *eh*, schmutzig gelb wie Raucherzähne! 's gibt einen *Puxuêra*, auch schon alt; der hat Rachenzähne, die Fleischmassen reißen, aber der ist schon verbraucht, zermürbt ... *Suú-Suú* ist ein *Jaguaretê-Pixuna*, pechschwarz, hat ein verteufelt fürchterliches Brüllen, Sie hören's und Sie zittern, zittern, zittern ... Der mag das Jaguarweibchen, *Mopoca.*

Apiponga ist kein Pixuna, nein, der ist das schönste, farbige Jaguarmännchen, eines wie das sehen Sie nicht noch mal, die Riesennase von dem! Er ist auch immer fett, weiß besser als jeder, wie man jagt. Dann gibt es ein *Cangassú*-Männchen, *Petecaçara*, der spinnt halb, dem rumort's im Grips, der geht nur tagsüber aus, streicht umher, sieht aus wie das Schiefmaul ... *Uitauêra* ist einer, *Uatauêra* ein anderer, die beiden sind Brüder, *eh*, ich weiß es, aber sie wissen's nicht ...
Gut, jetzt reicht's. Kein Gefasel. Sonst ist's bald Tag, und Sie haben nicht geschlafen, Ihr Kamerad kommt mit den Pferden, und Sie können nicht reisen, sind krank, sind müde. Jetzt müssen Sie schlafen. Schlafen? Soll ich weggehen, damit Sie hier allein schlafen können? Ich geh. Sie wollen's nicht? Aber reden tu ich nicht mehr. Bin stumm, bleibe stumm. Die Hütte gehört mir. *Hum Humhum*. Warum fragen Sie, fragen und schlafen Sie nicht? Weiß nicht. *Suaçurana* hat keinen Namen. *Suaçurana* ist kein Verwandter von mir, ein furchtsamer Jaguar. Nur der schwarzflankige ist wild. *Suaçurana* lacht mit seinen Jungen. Eh, das Weibchen ist rot, aber die Jungen sind gefleckt ... *Hum*, aber jetzt will ich nicht mehr reden, fasele nicht mehr, schüre nicht mehr das Feuer. Lassen Sie's gut sein! Schlafen Sie jetzt, ja? *Hum. Hum-hum*, nein, Nhor. *Hum* ... *Hu-hum* ... *Hum* ...

Nhem? Ihr Kamerad bringt noch eine Korbflasche? Sie wollen Sie mir geben? Hãhã ... *Ããã* ... *Apê!* Wissen Sie was? Ich rede. Sie sind gut und schön, mein Freund, meiner. Wann sie heiraten? *Ixe*, das soll heiraten sein? Schweinerei ... Kommen Sie her nach der Kälte, wenn der Ipêbaum blüht, dann können Sie was erleben. Sie sind alle mondkrank. Werden wütend, brüllen, brüllen, miauen und knurren die ganze Zeit, jagen kaum mehr für den Fraß, werden mager, streichen durch den Busch ohne Sinn und Verstand, seichen überall hin, nachts stinkt es stark, streng ... Das läufige Jaguarweibchen miaut lauter, ein anderes Miauen, ein törichtes Jaulen. Sein Flankenfell ist verkrustet, es reibt sich an den Bäumen, wirft sich hin, dreht den Bauch nach oben, *Aruê!* Man hört immer nur *Arrú-Arrú* ... *Arrarrúuuu* ... Und schon flüchten Sie: sonst sind Sie bereits aufgefressen ...

Das Männchen kommt hinterher, läuft Légua um Légua weit. Ob zwei kommen? Ob drei kommen? Eh, den Radau müßten Sie erleben ... Ihr Haar fliegt weit. Aber dann behält einer das Weibchen. Und es geht los. Sie geraten außer sich. Sie heulen, fallen um vor Heulen und Jaulen, die ganze Nacht, wälzen sich auf der Erde, gehen aufeinander los. Das Gras wird zerstampft, der Bambus biegt sich, Gestrüpp wird geknickt, sie reißen Büsche aus, brechen Äste. Das Männchen dreht durch, verkrampft den Rumpf, reißt den Rachen auf, hi, zeigt die Fänge. Und Sie – laufen, fliehen. Hören Sie zu? Und ich – bleibe auf der Fährte. Ói: Der harte Schweif schlägt kräftig. Jede Spur eine Riesentatze, Spur ohne Krallen ... Ich gehe. Und eines Tages komm ich nicht wieder.

Eh, nein, Männchen und Weibchen jagen nicht zusammen. Jedes für sich. Sind aber den ganzen Tag Gefährten, liegen, schlafen. Kopf an den anderen gelehnt. Eins nach einer Seite gedreht, das andere zur anderen ... *Ói:* das Jaguarweibchen Maria-Maria bringe ich her, an die lasse ich kein Männchen. Wenn ich rufe, kommt sie. Wollen Sie's sehen? Mit Ihrem Revolver schießen Sie aber nicht auf sie, nicht wahr? Ei, wer weiß, ob Ihr Revolver nicht ein Pechvogel ist, *hã*? Lassen Sie mal sehen! Wenn er Pech hat, das kann ich einrenken ... Ach, Sie wollen es nicht? Wollen nicht, daß ich Ihren Revolver anfasse? Sie haben ja schon dreimal die Augen zugemacht, haben schon den Mund aufgemacht, den Mund aufgemacht. Wenn ich weitererzähle, werden Sie einschlafen, oder?

Eh, wenn sie ihre Jungen nähren, finde ich das Nest. Der Jaguarbau ist gut versteckt, im tiefsten Busch, Loch in einer Höhle. Mitten im Dickicht. Die Jaguarmutter wird zum Teufel. Als ich das erste Mal auf Jaguarjagd ging, wartete ich sechs Monate lang, damit die Jungen nicht hungerten. Tötete die Mutter, ließ die Jungen heranwachsen. *Nhem?* Tat mir nicht leid, nein, tat's ja nur, um meine Bezahlung nicht zu verlieren, das Geld fürs Fell ... Eh, ich kann miauen wie ein Junges, und schon kommt die Mutter verzweifelt angelaufen. Da war ein Jaguarweibchen mit seiner Brut, *Jaguaretê-Pixuna*, sehr groß, sehr schön, sehr wild. Ich miaute, miaute, *jaguarainhém, jaguaranhinhenhém* ... Sie kam an, ganz verrückt, mit wütendem Fauchen, wußte nicht, wohin. Ich miaute hier drinnen in der Hütte, die *Pixuna*-Mutter kam ganz in die Nähe, bettelte, ich soll doch wieder ins Nest kommen. Streckte die Pranke aus, gleich hier ... Ich wollte sie nicht töten, um die Jungen nicht zu verlieren, zu vergeuden. Hörte auf zu miauen, gab einen Schuß ab, blindlings. *Pixuna* lief schnell weg, zog um, nahm ihre Brut eine halbe Légua weit mit, suchte sich ein neues Nest, im Moorwald. Ihre Jungen waren keine *Pixunas*, waren kleine bunte Jaguare, *Pinimas*. Sie packt jedes Junge am Nackenfell, trägt es fort, springt Hänge hinauf, springt über Gebüsch ... Eh, dummes Tier! Aber Sie dürfen nicht sagen, daß es dumm ist, Sie nicht. Nur ich darf das.

Ja, Nhor. Ich trinke Ihren ganzen Schnaps aus. Ja, gutes Feuerchen, wärmt den ganzen Körper auf. Bin munter, bin munter ... *Nhem?* Weiß nicht, bin gerne nackt, nur eine alte

Hose und ein Gürtel. Hab ein hartes Fell. *Ã-hã*, aber ich hab Kleider aufgehoben, gute Kleider, Hemd, schönen Hut. Eines Tages ziehe ich's an, möcht mal auf Feste gehen, viele. Stiefel zieh ich nicht an: mag sie nicht! Nichts am Fuß, mag ich nicht, gefährlich, *Ixe*! *Iá*. Hier gibt's keine Feste. *Nhem?* Auch keine Messe, kein Gedanke! In den Himmel will ich kommen. Pater, nein, Missionar, nein, ich mag so was nicht, will kein Geschwätz. Ich hab ein Medaillon zum Umhängen, Heilige mag ich. Haben Sie einen? Sankt Benedikt schützt gegen Schlangen . . . Aber Schlangengift macht mir nichts aus, nein – ich hab ein Hirschhorn, leg es drauf, und es heilt. Seelen von Verstorbenen gibt's hier nicht, *tagoaíba*, Zauberspuk, hier auf dem Hochland gibt's das nicht, hab so was nie gesehen. Es gibt den Satan, aber auch den hab ich nie gesehen. *Hum-hum* . . .

Nhenhém? Ich hier? Sie fragen das. Aber ich weiß, warum Sie das fragen. *Hum*. Ach so, weil ich solches Haar habe und so kleine Augen . . . Ja. Mein Vater, nein. Der war weiß, kein Indio. Freilich, meine Mutter war's, sie war sehr gut. Nein, keine *Caraó*. Meine Mutter war eine *Péua*, vom Stamm der *Tacunapéua*, weit weg von hier. *Caraó* nicht: *Caraó* ist furchtsam, fast alle hatten Angst vor dem Jaguar. Meine Mutter hieß Mar'Iara Maria, Indio-Frau. Dann habe ich bei den

Caraó gewohnt, habe bei ihnen gewohnt. Gute Mutter, schöne Mutter, gab mir zu essen, gab mir gut zu essen, viel, einen Haufen ... Bin schon viel herumgekommen, bin gereist. *Caraó* hat Spieß, nur ein *Caraó* weiß, wie man den Jaguar mit dem Spieß jagt. *Auá*? Nhoaquim Pereira Xapudo, sein Name war auch Quim Crênhe, der hatte vor nichts Angst, nein. Mein Freund! Bogen, Pfeil, langer Pfeil. *Nhem?* Ach, ich habe den ganzen Namen. Meinen Namen hat mir meine Mutter gegeben: *Bacuriquirepa. Breó, Beró* auch. Mein Vater hat mich zum Missionar mitgenommen. Der hat mich getauft, getauft. Auf den Namen Tonico; hübsch, wie? Antonho de Eiesús ... Dann nannten sie mich *Macuncózo*, der Name von einem Gut, das einem anderen Besitzer gehörte, ein Kleingut, das Macuncôzo heißt ... Jetzt habe ich überhaupt keinen Namen mehr, brauch keinen. Nhô Nhuão Guede nannte mich »Tonho-Tigerjäger«. Nhô Nhuão Guede hat mich hergebracht, ich *nhum*, allein. Hätt er nicht tun sollen! Jetzt habe ich keinen Namen mehr ...

Nha-hem, das ist kein Jaguargeräusch. Geräusch von Tapir, der seinem Jungen das Schwimmen beibringt. Haufenweise Tapire in der Gegend. Sehr gutes Fleisch. An einem heißen Tag denkt der Tapir über alles nach, weiß alles im Wasser drin. *Nhem? Eh* nein, der *Pinima*-Jaguar frißt Tapire, frißt jeden Tapir. Tapir kämpft nicht, läuft weg, flieht. Wenn der Jaguar ihn anspringt, kann er nicht weglaufen mit dem Jaguar auf ihm, das kann er nicht, unmöglich. Wenn der *Pinima*-Jaguar den Tapir anspringt, erledigt er ihn sofort, hat ihn schon erledigt. *Jaguaretê* blutet den Tapir aus. *Ói*, eine helle Nacht ist gut, um Jaguar zu jagen!

Nein, Nhor. Das ist der Lärm von anderen Tieren, der Nachtschwalbe, der Mondmutter, vom Busch-Uhu, der pfeift. Der Schrei eben war der hungrige Fischotter. Schrie: *Irra!* Fischotter schwimmt flußaufwärts. Eh, der steigt aus jedem Wasser mit trockenem Fell ... Das Wasserschwein? Sie hören ihr Lärmen von weitem, wenn sie weiden, halb im Wasser, halb draußen ... Wenn der Jaguar brüllt, sage ich Ihnen, welcher es ist. *Eh*, brauchen Sie nicht, nein. Wenn er faucht oder miaut, wissen Sie es gleich ... Miaut wie erstickt, tief im Rachen, *eh*, der Rachen ist riesig ... *Heeé* ... *Apê!* Haben Sie Angst? Haben keine Angst, nein? Werden noch welche bekommen. Der ganze Urwald hat Angst. Jaguar ist ein Henker. Morgen werden Sie was erleben, ich zeige Ihnen seine Spur, *Pipura* ... Einmal, bei Neumond, müssen Sie herkommen, müssen meine Spur sehen, die ist wie eine Jaguarspur, eh, ich bin ein Jaguar! *Hum*, glauben Sie's nicht?

O verrückter Mensch ... O verrückter Mensch ... Ich – Jaguar! *Nhum?* Bin nicht der Teufel. Sie sind der Teufel, das Schiefmaul. Sie sind schlecht, schlecht, häßlich. Teufel? Vielleicht bin ich's ... Ich wohne in einer Hütte ohne Wände ... Schwimme, und wie, und wie. Ich habe schon die Schwimmblase der Schwarzen gehabt. Nhoaquim *Caraó* hatte eine Mütze aus Sperberfedern. Aus Papageienfedern, auch aus Wolfshund. Federringe vom Kasuar am Knie, an den Beinen, um den Gürtel. Aber ich bin ein Jaguar. *Jaguaretê*, mein Onkel, Bruder meiner Mutter, *Tutira* ... Meine Verwandten! Meine Verwandten! *Ói*, geben Sie mir Ihre Hand ... Geben Sie mir Ihre Hand, lassen Sie mich sie fassen ... Nur ein bißchen ...

Eh, Sie halten Ihren Revolver fest? *Humhum*. Brauchen Ihren Revolver nicht festzuhalten ... Haben Sie Angst, daß ein Jaguar in die Hütte hereinkommt? *Hã-hã*, der Jaguar Uinhúa hat den Fluß überquert, hat den Paka gejagt, streift durchs tiefe Gras. Er geht fast liegend, gespreizt, die Ohren nach vorn gelegt – knallt leise mit den Ohren, *quaquave* ... Der Uinhúa-Jaguar ist schwarz, satansschwarz, er glänzt im Mondschein. Kriecht langgestreckt auf der Erde. Die Grasspitzen kitzeln ihn in der Nase, das mag er nicht: schnaubt. Frißt Fisch, Wasservögel, Sokkoreiher, Wasserhühner. Hören Sie das *Uêuê* der auffliegenden Heerschnepfe, die Heerschnepfe flattert hin und her ... Wenn's kalt ist, fliegen die Vögel fort und verstummen. Der *Uinhúa* macht sich nichts aus ihm. Aber der Paka ist erschrocken, hat einen Satz gemacht. Haben Sie das Wassergeplätscher gehört? Der *Uinhúa*-Jaguar muß wütend sein. Ganz naß vom lästigen Tau, verdreckt vom weißen Lehm des Flußufers. Da kommt er ... Er weiß schon, daß Sie da sind, wegen Ihrem Pferd. *Tuxa morubixa*. Da kommt er ... Heiß! *Ói*, Ihr Pferd stampft vor Angst. Eh, nein, brauchen Sie nicht, der *Uinhúa* ist stehengeblieben. Ob er noch kommt? Nein, kommt nicht mehr, das war das *tataka* eines Froschs. Brauchen keine Angst zu haben, und wenn er kommt, verscheuche ich ihn, vertreibe ihn, schicke ihn fort. Ich bleibe still, ganz still; er sieht mich nicht. Lassen Sie das Pferd wiehern, es muß jetzt zittern, hat die Ohren gespitzt. Ist die Fessel gut? Ist sie richtig angelegt? Dann läuft es nicht weg. Aber Ihr Pferd taugt nichts mehr. Warten Sie ... Drehen Sie Ihren Revolver zur anderen Seite, *ih*!

Kommt nicht mehr. Heute hat der *Uinhúa* keinen Mut gehabt. Laß gut sein, laß sein: der kommt nicht um vor Hunger – holt sich irgendwelches Kleinzeug, Ratte, Getier. Frißt sogar Stachelschwein ... Morgen früh werden Sie die Spur sehen. Der Jaguar hinterläßt Geruch, man riecht ihn, wenn man gleich hinterhergeht. Morgen früh wollen wir uns waschen.

Wollen Sie? *Nhem?* Ihr Geruch ist am stärksten, wo sie geworfen und mit den Jungen gehaust haben, dann stinkt es. Ich mag's ... Jetzt können Sie unbesorgt ausruhen, können Ihren Revolver wieder in die Tasche stecken. Der *Uinhúa*-Jaguar kommt nicht mehr. Stammt auch nicht aus der Gegend ... Er hat den Fluß durchschwommen, nur wenn die *Maramonhangara* auf seinem Gebiet war, ist der Uinhúa wütend geworden und ist umgezogen ... Alles hat seinen bestimmten Ort: Ort, wo man Wasser trinkt – der *Tibitaba* geht zu einem kleinen Brunnenbecken, wo die stämmige Buriti-Palme steht; Menschenfresser geht zur selben Tränke wie der *Suú-Suú* an der Barre von Veredinha ... Mitten im breiten Flußlauf liegt ein Findling: Menschenfresser schwimmt hinüber, steigt auf den Felsen, es sieht aus, als ob er mitten im Wasser steht, er schaut verflucht böse aus. Schüttelt ein Bein, schüttelt das andere, schüttelt den Rumpf zum Trocknen. Äugt umher, äugt zum Mond auf ... Menschenfresser wohnt gerne auf Inseln, *Capoama* von Inseln. *Ahé. Nhem?* Er frißt nicht? *Axi!* Der Jaguar streckte die Hand durch ein Loch der Hütte, holte sich das kleine Kind von der Pritsche, riß ihm das Bäuchlein auf ...

Nein, das war nicht hier, sondern auf dem gerodeten Land von Chapada Nova, *eh.* Alter Jaguar, Weibchen eines bekannten Jaguars, ein riesengroßer *Jaguarapinima*, das Volk nannte ihn Kesselfuß. Der Vater des Kindes war Kleinbauer, nahm seine Flinte, ging hinter dem Jaguar her, *Sacaquera, Sacaquera*. Jaguar Kesselfuß hatte den kleinen Jungen gerissen, hatte einen Maulesel gerissen. Der Jaguar, der in die Nähe der Häuser kommt, hat keine Angst, verscheucht zu werden, das ist ein alter Jaguar, ein Anführer, frißt Leute, ein gefährliches Tier, fast so schlimm wie ein böser Mensch. Kleinbauer ging ihm auf die Spur, *Sacaquera, Sacaquera*. Der Pinima kann laufen, läuft lang, die ganze Nacht hindurch. Aber Kesselfuß hatte gefressen, gefressen, gefressen, Maultierblut getrunken, Wasser getrunken, hatte eine Spur hinterlassen, legt sich schlafen tief im Dickicht, in einem Loch, ganz ausgestreckt. Ich fand die Fährte, sagte kein Wort, erzählte niemand was. Hatte der Bauer nicht gesagt, der Jaguar gehöre ihm? Bauer holte die Hunde, hetzte die Hunde auf die Fährte, sie fanden den Jaguar. Stellten ihn. Bauer kam, schrie vor Wut, die Flinte verweigerte das Feuer. Kesselfuß riß den Bauern, zerriß seinen Kopf, stopfte ihm sein Haar ins Gehirn. Sie beerdigten den Bauern mitsamt seinem kleinen Jungen, was von dem übrig war. Ich ging hin, sah's mir an. Sie gaben mir zu essen, Schnaps, gutes Essen; ich weinte mit ihnen.

Eh, sie wollten dem Geld geben, der Kesselfuß erlegte. Ich

war bereit. Sagten, man sollte ihn aufspüren. *Hum-hum!* ... Wie ihn aufspüren, seine Spur finden? Der war weit ... Wie kann man so was machen? *Hum*, nein. Aber ich weiß es. Ich suchte nicht. Legte mich auf den Erdboden, roch seinen Geruch. Ich werde ein Jaguar. Werde wirklich zum Jaguar, *hã*. Ich miaue ... Und da wußte ich's. Schlug mich Richtung Kleine Maismühle am Flußwehr. Und dort war er: Kesselfuß war schon dagewesen, frühmorgens, hatte ein Schwein gefressen, der Besitzer war einer namens Rima Toruquato, in Saó, Gutsbesitzer. Auch der Gutsbesitzer versprach ein Aufgeld zu zahlen, damit ich Kesselfuß erlegte. Ich war bereit. Bat um ein zweites Schwein, nur geliehen, band es an den Fuß des Mastixbaums. Die Nacht wurde dunkel, Kesselfuß wußte nichts von mir, und jetzt kam er und wollte das zweite Schwein holen. Aber er kam gar nicht, nein. Kam nur in die Nähe, frühmorgens, er tagte schon. Er knurrte, sperrte den Rachen auf, ganz in meiner Nähe, und ich knallte ihm eine Ladung Feuer in den Hals und schrie: »Friß das, mein Onkel! ...« Jetzt nahm ich Geld von allen, kriegte viel zu essen, viele Tage. Sie liehen mir ein Sattelpferd. Und dann rief mich Nhô Nhuão Guede her, zum *Enttigern*. So eine Schweinerei! Ein böser Mensch! Aber ich kam.

Hätte ich's nicht tun sollen? Aã, ich weiß, anfangs hätte

ich's nicht tun sollen. Jaguar ist meine Sippe, meine Verwandten. Sie wußten es nicht. Eh, ich bin schlau, schlau. Habe keine Angst. Sie wußten nicht, daß ich ein wilder Verwandter bin, ein heimtückischer. Ich hatte nur Angst, eines Tages einem großen Jaguar zu begegnen, der auf den Tatzen rückwärts läuft und aus dem Urwald kommt ... Ob's das gibt, ja? *Hum-hum.* Bisher ist so einer noch nicht erschienen, ich hab überhaupt keine Angst mehr. Keine. Da war der Jaguar *Maneta*, der auch die Hand ins Haus steckte, genau wie Kesselfuß. Die Leute im Haus bekamen es mit der Angst. Aber er blieb mit der Tatze stecken, sie konnten hinauslaufen, um ihn von draußen totzuschlagen. Hatten aber Angst, hackten ihm nur die Pranke ab mit einer Sichel. Der Jaguar brüllte, sie brannten sein Gelenk aus. War ein schwarzer Jaguar. Hab ihn nicht gekannt. Brannten ihm die Hand aus, und ließen ihn abziehen. Er fing aber an, das Volk zu erschrecken, fraß Leute auf, fraß Vieh, hinterließ Seiche, drei Fuß lang, hinkte. Und kein Mensch hatte Lust, ihn zu jagen. Sie versprachen gutes Geld, nichts. Ich hab ihn nie gesehen. Das war der Jaguar *Maneta*. Dann verschwand er. Ein Gespenst.

Ói, hören Sie? Das ja, das ist Miauen. Horchen Sie mal. Es hat lange miaut. Es ist ein *Apiponga*-Männchen, das ein großes Tier gejagt hat, Wildschwein. Füllt sich den Wanst. Hat es am Rand der Buschinsel gejagt, am Hang, hat dort gemetzelt. Morgen geh ich hin. Eh. Sie kennen *Apiponga* nicht: der brüllt am lautesten, scheußlich. *Eh* – der springt einen Sprung! ... Die ganze Nacht jagt er, reißt er. Reißt schön! Frißt, geht fort; gleich danach kommt er wieder. Tagsüber schläft er, wenn die Sonne heiß wird, schläft ausgestreckt. Dann kommen die Mücken, *eh*, das macht ihn wild. Gehen Sie hin, damit Sie's sehen... Apiponga, der schläft tags an einer Quelle im Busch, im dichten Busch, wo ein großer Steinbruch ist. Genau dort hat er einen Mann gefressen ... *Ih, ixe!* Eines Tages, einmal, hat er einen Menschen gefressen...

Nhem? Sie wollen wissen, wo Maria-Maria tagsüber schläft, *ha*? Wozu wollen Sie das wissen? Wozu? Ihr Platz ist beim Rosmarin-von-der-Sandbank, im Loch im niederen Buschwald, gleich hier in der Nähe, da haben Sie's! Und was nützt Ihnen das? Sie wissen ja nicht, wo das ist, *eh-eh-eh* ... Selbst wenn Sie auf Maria-Maria stoßen, hat es keinen Wert für Sie, daß Sie das schönste Jaguar-Weibchen ist – Sie sterben ja vor Angst. *Ói:* machen Sie die Augen auf: sie kommt, kommt, kommt, das Maul halb offen, drinnen regt sich die Zunge ... Sie keucht leise, wenn es heiß ist, die Zunge vor und zurück, weicht aber nicht vom Gaumen. Schlägt mit dem Fuß auf den

Boden, sehr sanft streckt sie sich, schließt die Augen. Eh, streckt die Pranken vorne weg, spreizt die Zehen – reckt die Krallen, jede ist länger als Ihr kleiner Finger. Dann blickt sie mich an, blickt mich an ... Sie mag mich. Wenn ich Sie ihr zum Fraß vorwerfe, frißt sie ...
Sie schauen hinaus! Der Mond ist jetzt rund. Ich sag nichts. Der Mond ist nicht mein Gevatter. Unsinn. Sie trinken nicht, ich muß mich schämen, allein zu trinken, schlucke Ihren Schnaps. Mond Gevatter von *Caraó? Caraó* redete nur Unsinn. *Auá? Caraó* namens Curiuã wollte weiße Frau heiraten. Brachte Gegenstände, schenkte ihr: eine schöne Matte, einen Büschel Bananen, einen zahmen Tukan mit gelbem Schnabel, Jaboti-Schale, einen weißen Stein und darin einen blauen Stein. Die Frau hatte einen Mann. *Ã-hã*, das war's: der weißen Frau gefiel, was der *Caraó Curiuã* gebracht hatte. Aber heiraten wollte sie ihn nicht, das war Sünde. Der *Caraó Curiuã* lachte, sagte, er sei krank, doch wenn die weiße Frau sich mit ihm in die Hängematte legen wollte, würde er gesund. Er bräuchte sie in Wirklichkeit gar nicht zu heiraten, sich einmal mit ihr hinzulegen, genüge schon. Und er spannte die Hängematte dort in der Nähe auf, legte sich hin, aß nichts. Und der Mann der Frau kam, die Frau erzählte es ihm. Weißer Mann wurde blitzwütend. Setzte ihm den Karabiner auf

die Brust, *Caraó Curiuã* heulte, weißer Mann tötete *Caraó Curiuã*, war furchtbar wütend . . .

Hum-hum. Ói: ich war dabei, hab nie jemand getötet. Auch in Socó-Boi habe ich niemand getötet, nein. Habe nie getötet, konnte es nicht, meine Mutter hat gesagt, ich soll nicht töten. Ich hatte Angst vor den Soldaten. Ich kann nicht gefangen sein: meine Mutter hat mir erzählt, daß ich nicht gefangen sein kann, wenn ich gefangen werde, sterbe ich – weil ich in der Zeit der Kälte geboren wurde, zu einer Stunde, wenn der *Sejucú* mitten in der Höhe des Himmels steht. Schauen Sie: der *Sejucú* hat vier Sternchen und noch zwei. Gut: sehen Sie den anderen, der fehlt? Sehen Sie ihn nicht? Der andere – das bin ich . . . Meine Muter hat mir's gesagt. Meine Mutter ist eine Indiofrau, war gut zu mir, genauso gut wie ein Jaguarweibchen zu seinen Jungen, *Jaguaraím*. Haben Sie schon ein Jaguarweibchen mit seinen Jaguarjungen gesehen? Nein? Die Mutter leckt sie, leckt, spricht mit ihnen, *jaguanhenhém*, streicht sie glatt, sorgt für sie. Jaguarmuter stirbt für sie, läßt niemand näher kommen, nein . . . Nur das *Suaçurana*weibchen ist feige, flieht, läßt die Jungen jedem, der sie will . . .

Eh, mein Verwandter, das ist der Tiger, der *Jaguaretê*, meine Sippe. Meine Mutter sagte, meine Mutter wußte es, *uê-uê* . . . *Jaguaretê* ist mein Onkel, der Onkel von mir. *Ã-hã. Nhem?*

Aber hab ich einen Jaguar getötet? Ich habe, habe ihn getötet. Aber ich töte nicht mehr, nein! In Socó-Boi wollte es der Pedro Pampolino und riet mir: daß ich den anderen Mann dort töte, als Abrechnung. Wollte es aber nicht. Ich nicht. Damit der Soldat mich schnappt? Er hatte ja den Tiaguim, der war bereit: bekam das Geld, das für mich bestimmt war, wartete auf den anderen Mann am Straßenrand ... *Nhem*, wie war es noch? Weiß nicht, erinnere mich nicht mehr. Hab auch nicht geholfen, hab ich jemand geholfen? Wollte nichts davon wissen ... Tiaguim und Missiano haben viele getötet. Dann kam ein alter Mann an die Reihe. Ein wütender Alter, der schwor, er würde das Blut des anderen trinken, des jungen Mannes, ich hab es gehört. Tiaguim und Missiano fesselten den jungen Mann, der Alte schnitt ihm mit seinem Buschmesser die Gurgel durch, fing das Blut in einer Schale auf ... Da ließ ich die Arbeit stehen und liegen, lief weg, hinauf zur Chapada Nova ...

Der Nhô Nhuão Guede, Vater des dicken Mädchens, der schlimmste Mensch, den es gibt: der hat mich hierhergesteckt. Sagte: »Schlag jeden Jaguar tot!« Ließ mich hier allein, ich *nhum*, allein, damit ich nicht sprechen kann, ohne zu hören ... Allein, die ganze Zeit, der Sittich fliegt schreiend vorbei, die Grille pfeift, pfeift die ganze Nacht, bringt's nicht fertig, damit aufzuhören. Regen kommt, es regnet, regnet. Ich habe weder Vater noch Mutter. Ich habe nur Jaguare getötet. Ich sollte es nicht. Der Jaguar ist schön, mein Verwandter. Der Pedro Pampolino hat gesagt, ich tauge nichts. Tiaguim hat gesagt, ich sei weich, weich, schlapp. Ich habe einen Haufen Jaguare getötet. Nhô Nhuão Guede hat mich hergebracht, niemand wollte mich mit anderen arbeiten lassen ... Weil ich nichts tauge. Hier immer allein zu sein, die ganze Zeit. Ich taugte auch nichts, verstand nicht richtig zu arbeiten, mochte es nicht. Konnte nur Jaguare töten. Ah, ich hätte es nicht tun sollen! Keiner wollte mich sehen, sie mochten mich nicht, die ganze Welt schimpfte auf mich. Maria-Maria kam, kam. Sollte ich etwa Maria-Maria töten? Wie konnte ich das? Ich durfte kein Jaguarweibchen töten, Jaguar ist mein Verwandter, ich war traurig, daß ich getötet hatte ... Ich hatte Angst, weil ich getötet hatte. *Nhum*, keinen? *Ai*, *ai*, Leute ...

Nachts regte ich mich, weiß nicht, warum, regte mich, um mich zu regen, schlafen konnte ich nicht; daß es anfängt, daß es nicht aufhört, ich wußte nicht wie und was. Ich verspürte Lust ... wahnsinnige Lust, ein Jaguar zu werden, ich ich, großer Jaguar. Als Jaguar hinauszuziehen, im kleinen Dunkel des Morgengrauens ... Es brüllte stumm in mir ... Ich zeigte meine Krallen ... Ich hatte eine herrenlose Höhle von einem *Jaguaretê-Pinima*, den ich getötet hatte; dorthin ging ich. Sein Geruch war noch da, stark. Ich legte mich auf den Erdboden. Eh, mir wurde kalt, kalt. Kälte kam, aus dem ganzen Busch ringsum, kam von der Hütte her ... Ich schlotterte. Kälte wie es keine andere gibt, keine Kälte ist so wie die. Wie ich zitterte, zum Zerreißen ... Ich hatte einen Krampf am ganzen Leib, schüttelte mich, bekam einen Anfall.

Als ich zu mir kam, war ich mit Händen und Füßen auf der Erde und wollte unbedingt gehen. Welche Beruhigung! Da stand ich, Herr über alles, allein und munter, es ging mir gut, alle Welt brauchte mich ... Ich hatte vor nichts Angst! In dieser Stunde wußte ich, was ein jeder dachte. Wären Sie gekommen, ich hätte alles gewußt, was Sie dachten ...

Ich wußte auch, was der Jaguar dachte. Wissen Sie, was der Jaguar denkt? Wissen es nicht? Eh, dann lernen Sie's: der Jaguar denkt nur eines – daß alles schön ist, gut, schön, gut, ohne aufzuhören. Denkt nur das, die ganze, lange Zeit, immer nur dasselbe, und denkt so dahin, während er geht, ißt, schläft, tut, was er tut ... Wenn was Schlechtes geschieht, dann, plötzlich, faucht er, brüllt, wird wütend, denkt aber nichts dabei: in diesem Stündchen hört er auf zu denken. Und erst, wenn alles wieder ruhig ist, denkt er wieder das gleiche, wie vorher ...

Eh, nun wissen Sie's, ja? *Hã-hã. Nhem? Aã*, und ich ging los, die Hände auf der Erde, ging meiner Wege. Eine große Wut kam in mir auf, eine Lust, alles zu töten, mit den Nägeln zu zerschneiden, mit dem Zahn ... Ich röhrte. *Eh*, ich – brüllte! Am nächsten Tag, mein Schimmel, den ich mitgebracht, den man mir geschenkt hatte, das Pferd war zerfleischt, halb aufgefressen, tot, ich erwachte ganz geteert vor geronnenem Blut ... *Nhem?* War mir gleich, ich mag kein Pferd ... Pferd war verletzt an der Hinterhand, taugte nichts mehr ...

Jetzt wollte ich Maria-Maria sehen. *Nhem?* Ich mag Weiber nicht ... Manchmal mag ich sie ... Ich geh wie ein Jaguar durchs Dornengestrüpp, langsam, ganz langsam, mache keinen Lärm. Aber es sticht mich nicht, fast nicht. Wenn ein Dorn den Fuß sticht, gibt's eine Wunde, und man liegt tagelang krank, und kann nicht jagen, muß hungern ... Da, wenn's Maria-Maria so geht, bring ich ihr zu essen, *hã, hã-ã* ...

Hum, hum. Das ist kein Jaguargeräusch. Die *Urucuéra* hat gepiepst, und ein kleines Tier ist geflüchtet, Hals über Kopf. Eh, wie soll ich das wissen?! Kann ein Hirsch sein, ein Wildschwein, ein Wasserschwein. Wie, was? Hier gibt es von allem – Forste, Gehölze, in der Nähe des freien Feldes ... Der

Rest ist Kröte, Waldgrille. Auch Vögel, die im Schlaf zwitschern ... *ói:* wenn ich zuerst einschlafe, schlafen Sie dann auch? Sie können den Kopf auf den Quersack legen, der Quersack gehört niemand, der Quersack war von dem Schwarzen. Es ist nichts Besonderes drin, altes Zeug, nichts wert. Das Bild von der Frau des Schwarzen war drin, Schwarzer war verheiratet. Der Schwarze starb, ich nahm das Bild, drehte es um, um's nicht mehr zu sehen, trug es weit fort, versteckte es in einem hohlen Baum. Weit, weit fort: ich mag kein Bild bei mir haben ...

Eh, es hat gebrüllt und Sie haben's nicht gehört, nein. Brüllte flüsternd ... Haben Sie Angst? Haben keine Angst? Sie haben keine Angst, nein, stimmt, ich seh's. *Hum-hum.* Eh, wenn Sie nahe sind, wissen Sie, was Angst ist und was nicht! Wenn der Jaguar brüllt, schüttelt's einen ... Der Speerwerfer hat keine Angst, zu keiner Stunde. Eh, schwer zu finden, ein Speerwerfer, es gibt kaum welche. Der Speerwerfer – der Mensch ohne Schluchzen ... Alle anderen haben Angst. Der Schwarze am meisten ...

Eh, der Jaguar mag das Fleisch des Schwarzen. Wenn ein Schwarzer bei einem Trupp ist, geht der Jaguar mit, folgt er heimlich, auf Schleichwegen, hinterher, hinterher, hinterher, immer mit dem Auge auf ihm. Der Schwarze betete, verließ sich auf seine Leute und zitterte am ganzen Leib. Nicht der, der in der Hütte starb, nein; der, der hier starb: der Schwarze Tiodoro. Jener war ein anderer Schwarzer, der Schwarze Bijibo, wir gingen am Rio Urucúia entlang, dann am Toten Flüßchen, dann ... Der bärtige Alte, weißer Bart, hatte Stiefel, Stiefel aus Schlangenleder. Der Alte mit den Stiefeln hatte einen Stutzen. Er und die Söhne und der betrunkene Schreiner gingen in die andere Richtung, zur Serra Bonita, zogen dort hinüber ... Der Schwarze Bijibo hatte keinen Mut: er hätte allein reisen müssen, war auf der Rückreise irgendwohin, was weiß ich – weit, weit – ... Der Schwarze hatte Angst, wußte, daß der Jaguar auf der Lauer lag: der Jaguar kam, *sacaquera*, *sacaquera*, ich wußte die ganze Nacht, daß er umherschlich, *uauaca*, in der Nähe des Lagerfeuers ...

Da sprach ich mit dem Schwarzen, sagte, ich ginge den gleichen Weg wie er, bis zum Formoso. Ich hatte genug Waffen, ich hatte eine Büchse, eine Flinte, hatte Messer bei mir, Buschmesser, meinen Wurfspieß. Was ich sagte, war Lüge: ich war ja auf dem Rückweg hierher, hatte Nhô Nhuão Guede gehörig Bescheid gesagt, daß ich keinen Jaguar mehr schießen wollte, das hatte ich gesagt. Ich war auf dem Rückweg hierher, machte nur wegen dem Schwarzen einen so großen Umweg. Aber der Schwarze Bijibo wußte das nicht, er kam mit ...

Ói: Ich fand nichts Böses dabei, hatte keinen Zorn auf ihn, ich mochte den Schwarzen Bijibo leiden, er tat mir leid, bestimmt, ich wollte ihm nur helfen, weil er so viel gutes Essen bei sich hatte, Proviant, aus Mitleid, daß er allein unterwegs war ... Der Schwarze Bijibo war gut trotz seiner wahnwitzigen Angst, er ließ mich nicht eine Minute los ... Wir marschierten drei Tage. Der Schwarze redete, redete. Ich mochte ihn leiden. Der Schwarze Bijibo hatte Mehl, Käse, Salz, braunen Zucker, Bohnen, Trockenfleisch, hatte Angelhaken zum Fischen, gepökelten Speck ... Ave Maria! – Der Schwarze schleppte das alles auf dem Rücken, ich half ihm nicht, mag so was nicht, möcht wissen, wie er das allein konnte ... Ich jagte: erlegte einen Hirsch, ein Jaku-Huhn, eine Wachtel ... Der Schwarze aß. *Atiê! Atiê!* Wie der aß, aß, wollte nichts wie essen, hab so was nie gesehen, nein ... Der Schwarze Bijibo kochte. Gab mir von seinem Essen, ich schlug mir den Bauch voll. Aber der Schwarze Bijibo hörte nicht auf zu essen, nein. Aß, sprach vom Essen, ich sah zu, wie er aß und aß selber noch mehr, aß mir eine Wampe an, rülpste sogar.

Wir lagerten unter einem Baumstamm, machten Feuer. Ich sah, wie der Schwarze Bijibo aß, mit seiner wahnwitzigen Lust zu essen, den ganzen Tag, den ganzen Tag, sich den Mund füllte, den Bauch füllte. Das gab mir eine Wut, eine Wut, eine verdammte Wut ... *Axe, Axi!* Der Schwarze Bijibo aß so gern, aß alles, was gut war, ausgehungert, und der arme Jaguar kam, kam hungrig und wollte den Schwarzen Bijibo fressen ... Ich wurde noch wütender. Werden Sie nicht wütend? Ich sagte nichts, nein. *Ã-hã.* Gut, ich sagte nur zum Schwarzen Bijibo, hier sei der allergefährlichste Ort, auf allen Seiten gäb's Höhlen von gefleckten Jaguaren. *Ih,* gleich hörte der Schwarze auf zu essen, der Schwarze konnte nicht einschlafen.

Eh, jetzt hatte ich keinen Zorn mehr, wollte nur noch mit dem Schwarzen einen Spaß machen. Machte mich fort, stumm, stumm, langsam wie ein Niemand. Nahm das Eßbare an mich, alles, alles, trug's fort, versteckte es auf einem Baumast, weit weg. *Eh,* dann ging ich zurück, verwischte meine Spur, eh, ich wollte lachen, froh sein ... Lief lange, hier hin, da hin, kehrte zurück, kletterte auf einen hohen Baum, versteckte mich ... Teufel, Teufel, der Jaguar kam nicht einmal! Frühmorgens, das machte Spaß, als der Schwarze Bijibo aufwachte und mich nicht fand, nein ...

Den ganzen Tag weinte er, suchte, suchte, wollte es nicht glauben. Eh, sperrte die Augen auf. Lief im Kreis, wütend. Suchte mich in Ameisenlöchern ... Hatte aber Angst laut zu schreien und den Jaguar zu reizen, drum sagte er leise meinen Namen

... Der Schwarze Bijibo schlotterte, ich hörte es an seinem Zähneklappern. Er zitterte wie zuckendes Fleisch, wenn man's am Spieß brät ... Dann war er gelähmt, warf sich auf den Boden, rollte sich zusammen, hielt sich die Ohren zu. Hielt sich 's Gesicht zu ... Ich wartete den ganzen Tag, hoch auf meinem Baum, ich hatte auch schon Hunger und Durst, aber jetzt wollte ich, ich weiß nicht, wollte ich sehen, wie der *Jaguaretê* den Schwarzen frißt ...

Nhem? Der Schwarze hatte mich nicht beleidigt. Der Schwarze Bijibo war gut, ein fügsamer Mensch. Ich hatte keinen Zorn mehr auf ihn. *Nhem?* War das nicht richtig? Wie wollen Sie das wissen? Sie waren doch nicht dabei. *Ã-hã*, der Schwarze war kein Verwandter von mir, brauchte ja nicht mit mir reisen zu wollen. Ich führte den Schwarzen zum Jaguar. Den Schwarzen, weil er mich begleiten wollte, *Uê*. Für mich war alles vertraut ... *Hum*, warum tasten Sie nach Ihrem Revolver? *Hum hum* ... Aa, gute Waffe, was? Haha, guter Revolver. *Erê*! Lassen Sie mich mal anfassen, damit ich sie besser sehen kann ... *A-nhã*, Sie lassen es nicht, lassen es nicht? Mögen nicht, daß ich ihn anfasse? Haben Sie keine Angst! Meine Hand greift nach keiner Waffe, die Pech bringt. Ich lasse auch meine Waffe nicht anfassen, Frauen, versteht sich, Frauen lass' ich nicht dran; zeige sie ihnen nicht mal, das darf man nicht. Die bringen Pech, Pechsträhnen ... *Hum, hum.* Nein, Herr. Ja. Ja. *Hum, hum.* Sie müssen es wissen ... *Hum. Hum.* Ja. Ja. Nein. *Eh, n't, n't* ... *Axi* ... Ja. Nein, Herr, weiß ich nicht. *Hum-hum.* Nein, Nhor, bin nicht beleidigt, der Revolver ist Ihrer, Sie sind der Besitzer. Ich wollte ihn ja nur ansehen, eine gute, eine schöne Waffe, Revolver ... Denn meine Hand bringt kein Pech, *Pa*! – bin keine Frau. Mache keine Pechsträhne, nein, ich habe immer – Dusel. Sie wollen es nicht zulassen, Sie glauben es nicht. Ich lüge nicht ... 's ist gut, ich trinke noch einen Schluck. Trinken Sie doch mit! Ich bin nicht ärgerlich. *Apê!* Verdammt guter Schnaps ...

Ói: Sie hören so gern Geschichten, also gut, ich erzähle. Nach der mit dem Schwarzen Bijibo? Kehrte ich zurück, *uai*. Kam hier an, fand einen anderen Schwarzen vor, der wohnte bereits in der Hütte. Erst fuhr ich zusammen, dachte: das ist der Bruder vom anderen, der will sich rächen, *ôi, ôi* ... War nicht so. Ein Schwarzer namens Tiodoro: Nhô Nhuão Guede hatte ihn dazu bestimmt, daß er nach mir dablieb, um alle Jaguare zu töten, da ich ja keinen mehr töten wollte. Sagte, die Hütte gehört ihm, Nhô Nhuão Guede hat es gesagt, der habe dem Schwarzen Tiodoro die Hütte für immer gegeben. Aber ich könne mit drin wohnen, ich solle Holz holen, Wasser holen. Ich? *Hum*, ich – nein und noch mal nein.

Ich machte mir ein Versteck aus Palmblättern in der Nähe des Baus von Maria-Maria. Aha, der Schwarze Tiodoro würde dort jagen müssen ... Ah gut, gut. Tiodoro jagte keinen Jaguar – er hatte Nhô Nhuão Guede angelogen. Der Schwarze Tiodoro war ein guter Mensch, hatte Angst, und wie, einen Haufen Angst. Hatte vier große Hunde – Wachhunde. Der *Apiponga* tötete zwei, einer verschwand im Busch, *Maramonhangara* fraß den anderen. Eheheh – Der Hund ... Er jagte keinen Jaguar, o nein. Der Schwarze Tiodoro wohnte auch nur einen Neumond lang in der Hütte: dann starb er – und fertig.

Der Schwarze Tiodoro wollte andere Leute sehen, wollte umherziehen. Gab mir zu essen, rief mich, daß ich mit ihm ging. Eh, ich weiß: er hatte Angst, allein umherzuwandern. Kam er an ein Flußufer, bekam er's mit der Angst vor der Anakonda. Ich, eh, ich habe meinen guten Prügel mit einer starken Schlinge aus Embirafaser: schlang mir die Schlinge um den Hals, ging mit hängendem Prügel, ich hatte Angst vor nichts. Ach, Schwarzer ... Wir zogen weiter, viele Léguas, mitten durchs Moor, gutes Ackerland. Der Ackerbauer Seu Rauremiro, war ein guter Mensch, rief uns aber mit einem Pfiff wie Hunde. Bin ich ein Hund? Seu Rauremiro sagte: »In die Schlafkammer kommst du mir nicht, du bleibst draußen, bist ein Indio ...« Seu Rauremiro sprach mit dem Schwarzen Tiodoro, schwatzte. Gab mir zu essen, sprach aber nicht mit mir. Ich ging fort mit einer Wut im Bauch, mit einer Wut auf alle: auf Seu Rauremiro, auf seine Frau, die Tochter, den kleinen Jungen ...

Ich rief den Schwarzen Tiodoro: wenn wir gegessen haben, gehen wir fort. Schwarzer Tiodoro wollte nur auf der Sandbank der Flüßchen hinüber – wollte sich dort mit der Frau des Verrückten auf die Matte legen, ein strammes Weib: Maria Quirinéia. Wir gingen dorthin. Dann, *uê*, wollten sie, ich sollte aus dem Haus, es war ein wüstes Unwetter, sollte draußen den Busch bewachen, den Weg bewachen, *Aruê*, aufpassen, ob jemand kommt. Viele Männer kannten den Ort und kamen regelmäßig hin. Manch einer: *Jababora*, Hochländer, und die drei, die schon tot waren. Dort in der Nähe sah ich Spuren. Runde Spur, Geseich des Jaguars *Porreteira*, wenn er auf der Jagd ist. Jetzt regnete es schwach, nieselte kaum. Ich versteckte mich unter einem Baum. Der Schwarze Tiodoro kam nicht aus dem Haus mit dem Weib, der Maria Quirinéia. Der Verrückte, ihr Mann, schrie nicht mal, schlief wohl gefesselt ...

Uai, nun sah ich, daß ein Hochländer daherkam, jener Seu Riopôro, ein Dreckskerl, wie's nur ihn gibt, der war immerfort rasend. Seu Riopôro hatte seinen schweren Palmblattumhang an, damit seine Kleider nicht naß wurden, triefend kam er daher, watete durch den Schlamm. Ich trat unter dem Baum hervor, ging ihm entgegen, auf ihn zu, erstens um näher zu sein, und damit er nicht merkte, daß der Schwarze Tiodoro mich dorthin gestellt hatte.

»Was treibst du denn hier, unverschämter Jaguarjäger?!« So sagte er, schrie mich an, schrie's aufgebracht.

»Ich paß auf den Schwanz des Regens auf ...« sagte ich.

»Warum paßt du nicht auf deine Mutter auf, Lumpenkerl?« schrie er wieder, schrie's laut und lauter. Wenn einer Wut sehen wollte, dann bei dem!

Ah, er schrie, schrie er? *Pa!* Meine Mutter, oder nicht? Ah, gut, gut ... *Pa!* Gut, gut. Dann sagte ich, der Jaguar *Porreteira* sei dort unten in der Höhle am Absturz versteckt.

»Laß sehen, laß gleich sehen ...« sagte er. Und: »*Txi*, da lügst du doch, wie? Da lügst du, Teufel, unverschämt wie du bist!«

Kam aber näher, an den Rand des Abhangs, nah an den Rand, beugte sich vor, spähte hinunter. Ich stieß! Stieß ihn, nur wenig, nicht mal kräftig. Der Hochländler Seu Riopôro purzelte durch die Luft ... *Apê! Nhem-nhem*, was denn? Ich ihn getötet, ich? Was denn, ich hab ihn nicht getötet. Er lebte ja noch, als er unten ankam, als der Jaguar *Porreteira* ihn zu fressen anfing ... Gut, schön! Eh, ps, eh *porã! Erê!* Friß den, mein Onkel! ...

Ich sagte keinen Ton zum Schwarzen: *Ói* ... Die Maria Quirinéia gab mir Kaffee, sagte, ich sei ein hübscher Indio. Wir zogen weiter. Der Schwarze Tiodoro war wütend auf mich, stumm. Weil ich wußte, wie man den Jaguar jagt, und er es nicht wußte. Ich war Ortskundiger, Pfadfinder, ich fand die Tiere, die Bäume, die Buschpflanzen, alles, er aber nicht. Ich besaß all die Felle, wollte sie nicht mehr verkaufen, nein. Er blickte immer mit seinem Hundeblick, ich glaube, er wollte die Felle alle für sich, wollte sie für viel Geld verkaufen ... Ah, der Schwarze Tiodoro erzählte anderen Hochländlern Lügen über mich.

Jener Jababora Gugué, ein guter Mensch, wirklich gut, der beschimpfte mich nie. Ich wollte umherstreifen, er ging nicht gern: lag nur in der Hängematte, im Gras, den ganzen Tag, den ganzen Tag. Bat sogar, ich solle ihm in der Kalebasse Trinkwasser holen. Er selber tat keinen Streich. Schlief, rauchte, rekelte sich im Liegen, schwatzte. Ich auch. Dieser Gugué konnte vielleicht reden! Eh, aber arbeiten tat er nicht, jagte nicht, baute keine Maniokwurzel an, hatte keine Lust umherzuziehen. Plötzlich konnte ich ihn nicht mehr sehen.

Nein, Wut nicht, nur Ekel. Wissen Sie? Sie kennen das, nicht? Dieser weiche, weiche Mensch, der schlapp war, weil er's nicht anders wollte, ein Pechvogel, *Ixe*! Das schreckte mich ab ... Ich wollte keine Wut auf ihn haben, nicht auf ihn, wollte nichts tun, wollte nicht. Ein guter Mensch. Ich sagte, ich wolle fort.

»Geh nicht fort ...«, so sagte er. »Wir wollen darüber reden ...« Aber er schlief nur, schlief den ganzen Tag. Plötzlich, eh, *jaguarte* ich ... Hielt's nicht länger aus. Machte mir einen Strick, holte mir Embirafaser, gute, starke. Schnürte den Gugué an der Hängematte fest. Schnürte ihn schnell, verschnürte das Bein, verschnürte den Arm. Als er schreien wollte, *hum, xô! Axi*, ich ließ ihn nicht: stopfte ihm Blatt um Blatt in den Mund. Es war niemand da. Schleppte den Gugué in der aufgerollten Hängematte fort. Ein Mordsgewicht, Schwergewicht, eh. Trug ihn zum Menschenfresser. Menschenfresser ist Jaguarchef, Jaguarhäuptling, fraß den *Jababora* Gugué ... Menschenfresser, ein Mordsjaguar, frißt fauchend, fauchend, fast wie ein Jaguarjunges ... Dann wurde ich sogar traurig und bekam Mitleid mit dem Gugué, der so gut war, *teitê* ...

Da, es war abends, sprach ich mit einem anderen Hochländler, den es da noch gab, namens Antunias, ein *Jababora, uê*. Ein gelber Mensch, lächerlich! Der gab nichts her, behielt alles für sich, lieh einen Bleiklumpen nur, wenn man ihm zwei zurückzahlte. *Ixe! Ueh* ... Ich kam hin, er aß gerade, versteckte sein Essen unter dem Hanfkorb, trotzdem sah ich es. Da fragte ich, ob ich in seiner Hütte schlafen könne. »Schlafen kannst du. Aber hol Reisig fürs Feuer ...« Das wurmte mich. »Eh, ist ja schon Nacht, es ist dunkel, morgen früh hol ich gutes Brennholz ...« sagte ich. Aber dann sagte er, ich solle ihm eine alte Holzsandale zurechtflicken. Sagte, nächsten Morgen früh wolle er zur Maria Quirinéia gehen, ich könne nicht allein in der Hütte bleiben, damit ich nicht in seinem Zeug krame. Und dann sagte ich: »Ich glaub, der Jaguar hat den Gugué geschnappt ...«

Ei, Tunia! sagte nämlich der Gugué. Riß die Augen auf. Fragte – wie ich drauf käme. Ich sagte, ich hätte das Geschrei vom Gugué gehört und das Brüllen eines fressenden Jaguars. Verstehen Sie? Und wissen Sie, was er darauf sagte? *Axi!* Wenn der Jaguar den Gugué gepackt hat, dann gehört alles vom Gugué ihm. Danach wollte er auf den anderen Bergzug gehen, ich könne mitkommen, wenn ich wollte, ihm all das Zeug tragen helfen, sein Netz. »Gut, ich komme mit ...« sagte ich.

Ah, aber das erzähl ich nicht, erzähl ich nicht, erzähl ich nicht, auf keinen Fall! Warum wollen Sie das wissen? Wollen Sie alles wissen? Sind Sie ein Soldat? ... Na gut, gut, ich erzähl's, Sie sind mein Freund. Ich berührte ihn mit der Spitze meines Wurfspeers ... Lassen Sie mich's zeigen, wie das war. Ah, Sie wollen's nicht, ich soll's nicht? Haben Sie Angst, daß ich Ihnen die Speerspitze auf die Brust setze, ist's nicht so, *nhem*? Warum wollen Sie es dann wissen?! *Axe*, Sie sind ein schwacher Mensch ... Sie haben die ganze Zeit Angst ... Gut, er mußte gehen, und heulte, *sacêmo*, fiel im Dunkeln, raffte sich hoch ... »Schrei nicht, du sollst nicht schreien ...« sagte ich, spottete ich, stubste ihn, stieß ihn mit der Speerspitze. Brachte ihn zu Maria-Maria ...

Frühmorgens wollte ich Kaffee trinken. Dachte: ich will um einen Besuchskaffee bitten, bitte Maria Quirinéia darum. Ging also hin und sah: Losung! Überall am Hang, Jaguarspuren ... Ei, meine Jaguare ... Denn alle müssen von mir wissen, *eh*, ich bin doch ihr Verwandter – *eh*, sonst stecke ich das Feld in Brand, den Urwald, die Buschhöhlen, ihren Bau, stecke alles in Brand, wenn die Dürre zu Ende geht ...

Die Maria Quirinéia, ein braves Weib. Gab mir Kaffee, gab mir zu essen. Der verrückte Mann von ihr war still, Seu Suruvéio, es war nicht sein Mond, er lachte nur, lachte, schrie nicht. Eh, aber dann fing Maria Quirinéia an und sah mich seltsam an, anders wie sonst: ihr Auge leuchtete, sie lachte, blähte die Nasenflügel, faßte meine Hand, strich mir übers Haar. Sagte, ich sei hübsch, so hübsch. Ich – ich mochte das. Aber dann wollte sie mich zur Matte ziehen, mit ihr, *eh, uê, uê* ... Das gab mir eine Wut, so große Wut, einen Haufen Wut, daß ich Maria Quirinéia töten wollte, wollte sie dem Jaguar *Tatacica* geben, allen Jaguaren geben!

Eh, da stand ich auf, wollte Maria Quirinéia an der Gurgel packen. Aber sie sagte: »Hör: deine Mutter muß hübsch gewesen sein, eine stramme Hübsche, ja?« Die Maria Quirinéia ist ein braves Weib, ein strammes Weib, ich mag sie, ich erinnere mich genau daran. Sagte, alle Welt sei tot, aufgefressen vom Jaguar, sie müsse fortgehen, wegziehen, auf der Stelle, rasch, rasch, jetzt gleich ... Irgendwohin, aber fort müsse sie. Und die Maria Quirinéia bekam eine wahnsinnige, riesige Angst, sagte, sie könne nicht gehen, wegen ihrem verrückten Mann. Ich sagte: ich helfe mit, trage ihn. Trage ihn bis zum Fluß der Empfängnis, dort hat er doch Bekannte. Und ich ging mit. Ihr verrückter Mann machte nicht mal Arbeit, kaum. Ich sagte: »Wollen wir spazierengehen, Seu Nhô Siruvéio, ein bißchen weiter weg?« Er antwortete: »Warum nicht, gehen wir, gehen wir, gehen wir ...« Der Fluß stand hoch, Regenzeit, das machte die meiste Arbeit. Aber wir kamen an, Maria Quirinéia sagte zum Abschied: »Sie sind ein guter Mann, mutiger Mann, hübscher Mann. Aber Frauen mögen Sie nicht . . .« Und ich sagte: »Mag's auch nicht. Ich – ich habe große Krallen . . .« Sie lachte, lachte, lachte, ich ging allein zurück, immer an den Flußläufen entlang.

Uê, uê, ich stellte es so an, daß ich einen großen Bogen um die Moore machte: ich wollte nicht dem Ackerbauern Seu Rauremiro begegnen. Ich hatte Hunger, wollte aber nichts von ihm annehmen – ein hochmütiger Mensch. Ich aß Baumrinde und Süßbohnenkraut, am Rand eines Dickichts machte ich Rast. Dann bekam ich die Kälte, eine Kälte, die verrenkte mir das Bein . . . Eh, und dann, ich weiß nicht: wachte ich auf – ich war im Haus des Ackerbauern, es war frühmorgens. Ich stand in einem Schlamm von Blut, alle meine Nägel rot von Blut. Der Ackerbauer totgebissen, die Frau des Ackerbauern, die Töchter, der kleine Junge . . . Eh, *jucá-jucá, atiê, atiuca!* Aber dann tat's mir leid, und ich bekam die Wut. *Hum, nhem?* Sie sagen, ich habe getötet? Ich habe gebissen, getötet habe ich nicht . . . Ich will nicht gefangen sein . . . Ich hatte ihr Blut im Mund, im Gesicht. *Hum,* ich ging hinaus, lief allein durch den Urwald, ohne Ziel, hatte Lust, auf die Bäume zu klettern, eh, der Urwald ist groß . . . Und ich lief, ich lief, weiß nicht, wie lange. Aber als ich zu mir kam, war ich ganz nackt, und starb fast vor Hunger. Mit allem beschmutzt, mit Erde, ein bitterer Geschmack im Mund, *atiê*, bitter wie Perobarinde ... Ich lag im Rosmarinfeld, an Ort und Stelle. Maria-Maria kam zu mir ...

Hören Sie zu, *nhem*? Merken Sie was? ... Ich bin ein Jaguar, hab ich's nicht gesagt? *Axi*. Hab ich's nicht gesagt – ich werd ein Jaguar? Großer Jaguar, *Tubixaba*. Hier, meine Kralle: Sehen Sie – schwarze Kralle, harte Kralle ... Kommen Sie, riechen Sie mal: habe ich nicht den Geruch des Jaguars? Der Schwarze Tiodoro sagt, ich habe ihn, ei, ei ... Jeden Tag wasch ich mich im Brunnenbecken ... Legen Sie sich doch schlafen, *hum, hum*, warten Sie nicht auf Ihren Kameraden. Sie sind krank, sollten sich auf die Pritsche legen. Der Jaguar kommt nicht hierher, Sie können Ihren Revolver wegpakken ...

Aaã! Sie haben schon Leute damit getötet? Haben also schon getötet, ja, getötet? Warum haben Sie's nicht gleich gesagt? *Ã-hã*, Sie haben wirklich getötet. Wie viele? Viele? *Hã-hã*, sind ein mutiger Mann, mein Freund ... *Eh*, wir wollen einen Schnaps trinken, bis die Zunge wie von Sand kribbelt ... Ich denk mir was aus, was Gutes, Schönes: wir wollen den Kameraden töten, morgen, ja? Wir töten den Kameraden, Kamerad ist schlecht, taugt nichts, hat das Pferd in den Urwald laufen lassen ... Sollen wir ihn töten?! *Uh, uh, atimbora*, bleiben

Sie ruhig, wo Sie sind! Sie sind ja so schläfrig ... *Ói:* Sie haben Maria-Maria nicht gesehen, ah, natürlich, das haben Sie nicht. Müssen sie sehen. Gleich kommt sie, wenn ich will, kommt sie, wird Sie *mungitar* ...

Nhem? Ah gut, also ... Mittlerweile war ich dort im Rosmarinfeld mit ihr, Sie hätten das sehen sollen. Maria-Maria ist ein Faxenmacher, ritzt die Erde mit der Hand, springt zur Seite, weicher Jaguarsprung, hübsch, sehr hübsch. Sie sträubt den Kamm des Rückgrats, plustert den Schweif auf, macht das Maul auf und wieder zu, rasch wie ein Mensch mit Schlaf ... Wie Sie, *eh, eh* ... Und wie sie geht, geht, wiegend, langsam, hat Angst vor nichts, hebt jede Flanke, ihr glänzendes Fell, sie kommt bedächtig, schöner als alle, ganz feierlich ... Sie knurrte mich leise an, wollte mit mir den Schwarzen Tiodoro packen. Da packte mich die Kälte, die Kääälllte, der fürchterliche Krampf ... Eh, ich bin mager, schlängle mich überall durch, der Schwarze war ziemlich fett ... Ich schlich mich heran, die Hand auf der Erde ... Der Schwarze Tiodoro mit Augen verrückt vor Angst, *ih*, riesige Augen anzusehen ... O das Gebrüll! ...

Hat's Ihnen gefallen? Der Schwarze taugte nichts, *ô, ô, ô* ... *Ói:* Sie taugen was, Sie sind mein Freund ... *Ói:* lassen Sie sich mal richtig ansehen, lassen Sie sich doch ein bißchen anfassen, nur ein bißchen, nur meine Hand auflegen . . .

Ei, ei, was tun Sie denn?

Weg mit dem Revolver! Spielen Sie nicht damit, drehen Sie ihn weg . . . Ich rühr mich ja nicht, bin ganz still, still . . . *Ói:* wollen Sie mich töten, *ui*? Werfen Sie den Revolver weg, weg damit! Sie sind krank, Sie werden ganz anders . . . sind Sie gekommen, um mich festzunehmen? *Ói:* ich leg meine Hand wegen nichts so auf den Boden, nur so . . . *Ói*, die Kälte . . . Sind Sie verrückt?! *Atiê!* Hinaus mit Ihnen, die Hütte gehört mir, *xô! Atimbora!* Sie töten mich, Ihr Kamerad kommt, der läßt Sie festnehmen . . . Jaguar kommt, Maria-Maria, frißt Sie . . . Jaguar ist mein Verwandter . . . Ei, wegen dem Schwarzen? Hab den Schwarzen nicht getötet, hab Unsinn erzählt . . . *Ói* der Jaguar! *Ui, ui*, Sie sind gut, tun Sie das nicht mit mir, töten Sie mich nicht . . . Ich – *Macuncôzo* . . . Tun Sie das nicht, tun Sie's nicht . . . *Nhenhenhém . . . Heeé!* . . . *Hé* . . . *Aar-rrâ* . . . *Aaâh* . . . Sie haben mich *arrhoôu* . . . *Remuaci . . . Rêiucàanacê . . . Arraã . . . Uhm . . . Ui . . . Ui . . . Uh uh êeêê . êê . . . ê . . . ê . . .*

Nachwort

»Ich möchte ein Krokodil im
São Francisco sein.«
João Guimarães Rosa zu Günter Lorenz
in *Dialog mit Lateinamerika*

Meu Tio o Iauaretê erschien erstmalig in der Märznummer 1961 der Zeitschrift *Senhor*.

Der vom Autor noch geplante Band *Estas Estórias* erschien posthum 1969 – João Guimarães Rosa, geboren 1908 im Marktflecken Cordisburgo im Innern des Staates Minas Gerais, starb am 19. November 1967, wenige Tage nach seiner Aufnahme in die Academia Brasileira de Letras, Rio de Janeiro. Der Herausgeber dieses Buches, Paulo Rónai, fügt in einer Fußnote seiner Einführung hinzu: »Einem handschriftlichen Vermerk des Verfassers auf dem maschinengeschriebenen Original zufolge entstand diese Arbeit vor *Grande Sertão: Veredas* (erste Auflage: 1956). Beide Bücher, diese 60 Seiten starke Novelle und das 600-Seiten-Epos, verbindet ein verwandtschaftlicher Zug: beide sind Monodialoge. Doch während in *Grande Sertão* ein zurückgezogener *Jagunço* oder Waldräuber einem nicht benamten Besucher seine Lebensgeschichte berichtet, verwandelt der Indiojäger aus *Mein Onkel der Jaguar* sich vor den Augen seines gleichfalls unbenannten Besuchers zum Schluß in einen Jaguar – im Sinne von Ovids ›In nova fert animus mutatas dicere formas‹ oder: ›Ich will von den in neue Körper verwandelten Formen sprechen‹.«

Der Paulistaner Haroldo de Campos, Vertreter der Konkreten Poesie und Essayist, hat die Veröffentlichung dieser Prosa am 22. Dezember 1962 in der Literaturbeilage der Tageszeitung *O Estado de São Paulo* gefeiert.

Der Jaguar – das portugiesische Wort *jaguar* ist abgeleitet von ya,wara der Indiosprache Tupi-Guarani; Synonyme sind: jaguara-pinima, jaguaretê, canguçu, acanguçu, onça, onça-pintada, tigre –, die Raubkatze des lateinamerikanischen Subkontinents ist im Bewußtsein des Südamerikaners verwurzelt als Menschenfresser, als böses Vorzeichen der Erde und der Nacht; in der präkolumbianischen Kunst erscheint der Jaguar als Gefäß, in Verbindung mit dem Sonnengott, in Zwiesprache mit dem Adler, als (lauernder Tiger-)Altar.

Schauplatz der Handlung sind die *Campos Gerais*, ist das Bergland des Minenstaates Minas Gerais zwischen dem 15. und 20. Grad südlicher Breite in der Gegend des Rio Urucúia, eines Nebenflusses des mächtigen São Francisco.

Um dem Leser seine magische Welt zu erschließen, greift João Guimarães Rosa, der ehemalige Arzt und spätere Diplomat, der Mythen- und Sprach-, der Gesteins- und Insektenforscher zu allen ihm zu Gebote stehenden Hilfsmitteln. Der Dichter, der sich als halber Viehtreiber ausgibt und für den Sprachwissenschaftler Feinde der Poesie sind, verwendet Regionalismen portugiesischer und brasilianischer Prägung, Latinismen und Indianismen, Mischungen aus der gesprochenen und der klassischen geschriebenen Sprache, Nebeneinanderstellungen von archaischem Portugiesisch und idiomatischen Neubildungen, die strenge Semantik etymologischer Ausdrücke und eigenwillige Transpositionen metaphorischer und sonstiger Impulse, Superlative und Füllwörter, Pleonasmen und Klangspiele, Alliterationen und Assonanzen, Klangreime aller Art, Lautmalerei, neuerfundene Vor- und Nachsilben, grammatikalische Übertreibungen, klanglich oder symbolisch bedingte Orts- und Eigennamen.

Auf der ersten Seite seiner *estória* schon durchsetzt Rosa die Sprache seines Protagonisten mit teils dem Tupi entlehnten, teils eigenwillig tupisierten, sowie erfundenen Interjektionen, lautmalenden Füllwörtern, Haupt- und Zeitwörtern des Jaguarjägers. So beendet er einen Satz wie »munhãmunhã: Unsinn. Ich rede Unsinn« mit dem Tupi-Gerundium »munhamunhando«, oder er ergänzt »Sie redete mit mir« durch ein »jagunanhenhém«, das »Jaguarredereden«. Und in dem Maße, wie der Hüttenbewohner dem unerwarteten Besucher von seinem Leben und Jagen erzählt, von seinem reuevollen Entschluß, keine Jaguare, die Töter der Schwarzen sind, mehr zu töten, bedroht er seinen unverhofften Gast, wird er allmählich zu dem unartikulierten Tupi-Mischmasch redenden Jaguarmenschen, der in dem Augenblick erschossen wird, als die brasilianische Menschensprache, durch anhaltende Einstreuung von Indio- und Jaguar-Tupismen zusehends verfärbt, von der Tiersprache des Tupigeschöpfs Jaguar überwältigt wird, so daß der Sprachregisseur JGR die geplante Metamorphose des Indiojägers in das Ebenbild seines Opfertiers vollendet.

Dem deutschen Leser das vollständige Instrumentarium von Rosas »Tupisierung« seiner Erzählsprache in *Mein Onkel* zu liefern, würde den Rahmen einer literarischen Edition übersteigen. Dies wird früher oder später fraglos ein Wissenschaftler besorgen, so wie unter den zahllosen, bisher erschienenen Arbeiten über João Guimarães Rosas Werk Nei Leandro de Castro in »Universo e vocabulário do *Grande Sertão*«, Rio de Janeiro, 1970, etwa zweihundert neue Wortbildungen des Autors erläutert.

Dieses Prosastück, das seiner angestammten Umwelt mit ihren Klimata, ihren Gerüchen, Hautfarben, ihrem natürlichen Echoraum und der latenten Gegenwart des Raubtiers bedarf, um im Auge und Ohr des brasilianischen Lesers, der diese Geschichte ohne Einführung und Erläuterungen intuitiv, fast möchte man sagen: körperlich, nachzuvollziehen vermag, lebendig zu werden – wie kann *Mein Onkel der Jaguar* in einer fremden Sprache rezipiert werden?

Wahrscheinlich nur in einer zweiten Realität, und das heißt wörtlich: im übertragenen Sinn. Denn selten tritt das Problem des Unveräußerlichen, das jeder Sprache eigen ist, die Frage nach dem Nicht-Übermittelbaren, dem im Wortsinn Unübersetzbaren, deutlicher zutage als im vorliegenden Fall, zumal hier der Kern der Erzählung, die Triade Jaguar-Tupi-Indio, im Spiele ist, auf dem Spiele steht.

Was läßt sich übertragen? Zunächst das Gefälle des Monodialogs, die bald treuherzige, bald hinterhältige Erzählweise des Jaguarjägers. Doch schon hier sieht der Übersetzer, der sich nach Humboldts Vorbild mit »der inneren Form« des Originals zu identifizieren und die »Farbe der Fremdheit« in die eigene Sprachlandschaft herüberzuholen versucht, sich zur Beherzigung des Wichtigsten aufgerufen: Seine Muttersprache nicht zu überanstrengen, den Tonfall des neuen Textes nicht durch eitle Kunststückchen zu entkräften.

Fünf Anredeweisen – um nur ein Beispiel zu nennen – kommen vor: Nhor, Nhô, Seu – Abkürzungen von Senhor = Herr; Mecê und sein Kürzel Cê oder cê von Mercê – wiederum Abkürzung von Vossa Mercê = Euer Gnaden, die altertümliche Anrede gegenüber Hochgestellten, zusammengezogen zu Vossemecê, vosmecê, você. Nhor, Nhô und Seu übernehme ich daher im Original und erläutere sie im Glossar; die für den ohne Nachschlagen schon beanspruchten Leser schwer nachvollziehbare Anrede Mecê und Cê ersetze ich durch »Herr«. Während auch der brasilianische Städter, der seinen Mitmenschen mit »Senhor«, »você« oder »tu« anredet, mit den genannten Abweichungsformen vertraut ist, würde den deutschen Leser ein »Gnaden« oder gar »den« nur verwirren.

Je nach Temperament oder Neigung wird der deutsche Leser den Text unmittelbar auf sich wirken lassen, bezaubert oder befremdet, und sich dann erst die benötigten Auskünfte im Nachwort und Glossar holen. Oder er wird den umgekehrten Weg gehen und, durch die Erläuterungen unterrichtet, Rosas

Verwandlungs-Geschichte bewußt lesen, dessen eingedenk, daß Deutschland keine Buschsteppe, keine Wüstendürre, keine Tropenregen, keinen Jaguar und das Wichtigste – weder Ureinwohner noch deren Sprache besitzt, der wir das Wort »Jaguar« verdanken. Sein Leseverhalten, seine Leseerfahrung wird im Gegensatz zu denen des Brasilianers im Sinne C. G. Jungs eine distanziert-kritische, nicht mythisch-mystische Teilnahme sein. Der zweisprachige Leser indes wird sich in seiner Liebe zur fremden Sprache vielleicht durch die Tatsache bestärkt fühlen, daß alles Übersetzen, alles Begreifen des ganz anderen von jener Grenze ausgeht, hinter der sich das Unveräußerliche verbirgt.

Curt Meyer-Clason

Glossar

Abaetê	Tupi: guter, ehrenhafter Mensch
Abaúna	Tupi: primitiver, reinrassiger Indio
Ã-hã	und ähnliches: wahrscheinlich menschliche Verneinungsformen, Tupi- oder Pseudo-Tupi-Füllwörter
Atimbora, Atié, Axi	Tupi: a'xi, Ausruf des Staunens, der Verachtung, des Spotts
Auá	Rosas Erfindung für Fauchen, Schnauben des Jaguars
Bugre	der wilde oder zahme Indio; bedeutet auch: wild, gemein, hinterhältig
Cangussú	Canguçu – Tupi: akúgu'su – großer Kopf, Jaguar
Caraó	Craô, Volksstamm im nördlichen Teil des Staates Goiás
Catu	Tupi: gut

Cririca	Tupi: siri'ri, dahingleiten, zittern
eêhegue	
eh-eh, eê,	möglicherweise Tupi-Wörter für »ja«
Hum-hum	Füllwort, lautmalendes Gebrumm
Ixe, xe, ixe	Tupi: entspricht dem brasilianischen »eu« = »ich«
Jababora	Eingeborenenstamm
Jaguan-henhém	Wortmontage Rosas: Reden und Sprechen des Jaguars
Jaguar	Tupi-Guarani: ya'wara, portugiesisch: jaguar
Jaguaraím	Wortmontage Rosas: Miauen des Jaguarjungen
Jaguaretama	Wortmontage Rosas: Jaguarland
Jaguaretê	Tupi: yaware'te, Jaguar
Légua	die brasilianische Meile: 6 Kilometer
Macuncôzo	Wortverschmelzung Rosas, die nach Tupi klingt, aber afrikanischen Ursprungs ist: Syntagmatische, mit Inhalt füllende Abkürzung: »Ich – Macuncôzo«. Dazu Rosa an Haroldo de Campos, Brief vom 26. 4. 63: »... der Macuncôzo ist ein afrikanischer Laut, der am Schluß aufbegehrt. Ein Anti-Laut. Als Ver-

such der Identifikation (bewußt aus einfältiger, primitiver Arglist, unbewußt als Höhepunkt des Reuegefühls?) mit den ermordeten Schwarzen. Vorgebend, nicht Indio (Jaguar) zu sein oder dafür kämpfend, nicht Jaguar (Indio) zu sein, stößt der Neffe-des-Jaguars in seinem erst seine endgültige Verwirrung durchdringenden Widerspruch jenen Negerschrei, den negerhaften, pseudonegerhaften Schrei aus, losgelöst und einsam, verloren im Geröchelstrom seiner letzten Ausrufe.«

Manhuaça — Manhuaçu: Ort im Staate Minas Gerais

mungitar — Tupisierung von »mungir« (lat: mulgire) = melken

muquirica — Tupi: mbiquīb = Hautlaus

Nhem — a) fragendes Füllwort wie »hein?«; b) für »Nhennhem« von Tupi: »Nhehê« oder »Nheeng« = sprechen (siehe Couto de Magalhães: *Curso de Lingua Tupi Viva ou Nhehengatu*, Anhang zu *O Selvagem*, São Paulo, 1935). Guimarães Rosa bildet daraus nhenhenhém (Tupi: nheẽ, nhẽẽ, ñeñẽ = sprechen sprechen sprechen) das Verb »nheengar« und

	»nheengava« = er sprach. Bedeutet auch Knurren, Meckern, unablässiges Gerede.
Nhô	Abkürzung von Senhor
Nhor	volkstümliche Anrede anstelle von Senhor
Paçoca	Tupi: Pa'soka, typisches Gericht aus gehacktem Frisch- oder Trockenfleisch mit Maniok- oder Maismehl
Paka	Nagetier
Peúa	Taconhapé, Tupi-Stamm am Iriri, Nebenfluß des Xingu
porã-poranga	Rosas Worterfindung: schön, hübsch; vermittelt den Gedankengang des Jaguars
Quiabo	grüne, behaarte, konische Kapselfrucht: beliebtes Gemüse
Quim	Abkürzung von Joaquim
Rêiuncàanacê	Montage aus »rê« = Freund, »iucá« = töten, »anacê« = entfernter Verwandter
Remuaci	Wortmontage aus »rê« = Freund und »muaci« = halber Bruder
Seu	Abkürzung von Senhor: Herr
Sossoca	Tupi: so'soka = harpunieren, festhaken, pakken
Tapuitama	möglicherweise Tupi: Indioland

Teitê	Tupi: Tai'té = Ausruf des Mitleids: Der Arme!
Ti	wahrscheinlich Tupi-Adverb der Verneinung (Couto de Magalhães: Inti, ti, n't, n't)
Tiaguim	Abkürzung von Tiago, Santiago
Tupxaba	Tupi: tui'xaba = Handfeger
tuxa moxaba	Tupi: tu tu'xawa mombixaba: verächtlich für a) Polizeichef; b) zeitweiliges Haupt der brasilianischen Eingeborenenstämme

Bibliographie

SAGARANA, Novellen, 1946
CORPO DE BAILE, Romane und Novellen, 1956
GRANDE SERTÃO: VEREDAS, Roman, 1956
PRIMEIRAS ESTÓRIAS, Erzählungen, 1964
TUTAMEIA (TERCEIRAS ESTÓRIAS), Erzählungen, 1967
ESTAS ESTÓRIAS, Erzählungen, 1969
AVE, PALAVRA, Kleine Prosa, 1970
SELETA de JOÃO GUIMRÃES ROSA, 1973

In der Übersetzung von Curt Meyer-Clason
im Verlag Kiepenheuer & Witsch

GRANDE SERTÃO, Roman, 1964
CORPS DE BALLET, Romanzyklus, 1966
DAS DRITTE UFER DES FLUSSES, Erzählungen, 1968

SAGARANA, Novellen, in Vorbereitung

in dtv-Ausgaben

NACH LANGER SEHNSUCHT UND LANGER ZEIT, Roman aus CORPS DE BALLET, 1969
MIGUELIMS KINDHEIT, Roman aus CORPS DE BALLET, 1970
DAS DRITTE UFER DES FLUSSES, Erzählungen, 1975

Titel des Originaltextes »Meu Tio Iauaretê«
zuerst erschienen in
Estas Estórias, Livraria José Olympio

Aus dem Brasilianischen und mit einem Nachwort
von Curt Meyer-Clason

Gesetzt aus der Walbaum-Antiqua (Intertype)
Satz und Druck Poeschel & Schulz-Schomburgk, Eschwege/Werra
Bindearbeiten Bercker Graphische Betriebe, Kevelaer
Printed in Germany 1981
ISBN 3 462 01464 1